ハヤカワ文庫 JA

〈JA1528〉

工作艦明石の孤独 1

林　譲治

早 川 書 房

8827

目次

工作艦明石の孤独 1

登場人物

■工作艦明石

狼群涼狐……………………………………………艦長
狼群妖虎……………………………………………工作部長
椎名ラパーナ………………………………………工作部「な組」組長
沙粧エイドリアン…………………………………経理部長
ニジェル・サルダナ………………………………機関長

■セラエノ星系政府

アーシマ・ジャライ………………………………首相
ハンナ・マオ………………………………………第一政策秘書
シェイク・ナハト…………………………………官房長官
ルトノ・ナムジュ…………………………………内務大臣
ベッカ・ワン………………………………………商工大臣
アランチャ・エブラル……………………………文部大臣

■偵察戦艦青鳳

夏クバン准将………………………………………艦長
熊谷俊明大佐………………………………………船務長
梅木千明中佐………………………………………兵器長
ポール・チャン中佐………………………………機関長
ミコヤン・エレンブルグ…………………………科学担当主任

■輸送艦津軽

西園寺恭介…………………………………………艦長
宇垣克也……………………………………………船務長
ジェームズ・ペッグ………………………………機関長
松下紗理奈…………………………………………運用長
星野洋二……………………………………………主計長

1　偵察戦艦青鳳《せいほう》

新暦一九九年九月一〇日〇八三〇・セラエノ星系

「ワープ、終了しました」

偵察戦艦青鳳のAIは、艦内全域に音声で報告する。音声が聞こえるなら、自分の周囲に空気があり、生きていることが確認できる。

「船務長は船内時間を報告し、兵器長は惑星レアの電波時計を確認せよ」

偵察戦艦青鳳の夏《か》クバン准将は、彼女から見て右側にいる船務長の熊谷俊明《くまがいとしあき》と、左側にいる兵器長の梅木千明《うめきちあき》に次々と命令を下す。

青鳳は全長四〇〇メートルの鋭利な鏃《やじり》のような形状をしていたが、中枢部となるブリッジは直径一〇メートルほどの球形の空間だ。中心に艦長の夏の席があり、右側の壁側が熊谷の席、反対の左側が梅木の席だ。

他にも幹部クラスがブリッジで配置につくが、機関長のポール・チャンだけはブリッジではなく、機関室でワープ機器の管理調整を担当していた。

昔の軍艦は異星人からの攻撃まで想定して幹部は艦内に分散していたが、ワープが実用化して一世紀以上経過しても異星人の痕跡さえ発見できなかったために、いまの軍艦は生存性より運用効率が重視されていた。機関長がブリッジにいないのは、いまも続く古い軍艦文化の名残だ。

「艦内時間は〇八三〇、計画通りです」

熊谷はいつもの口調でそう報告するが、梅木は当惑した声で観測値を読み上げる。

「惑星レアからの電波時計も〇八三〇を示しています。セラエノ星系の惑星を基準に現在位置を計測しましたが、予定されたワープアウト領域と一致していません。天測の結果では、予定領域より約五天文単位の誤差となります。つまり我々は予定地点より五天文単位ずれているだけでなく、時間のズレから計算して、四〇分ほど未来に現れたことになります。

したがって現在位置からもっとも近い惑星は、レアではなく、ガス惑星のビザンツです」

夏艦長は正面のモニターに、自分たちのセラエノ星系内での位置関係を表示させる。

セラエノ星系は太陽系と比較して、物質の乏しい星系だった。中心となるセラエノこそG型恒星であったが、その周囲を回る惑星は四個。一番近いアイレム星系とは五光年離れていたが、そこも惑星は三個しかない。

そしてセラエノ星系とアイレム星系を中心として、概《おおむ》ね半径三〇光年の領域には、他に星系は存在しなかった。人類はこのセラエノ星系とアイレム星系の周辺を、それ以外は何もない構造としてボイドと呼んでいた。

どうしてボイドのような構造が生まれたのかはわかっていない。かつてこの領域で巨大な超新星爆発があり、周辺領域の星間物質を一掃した結果、ボイドのような物質の乏しい構造が生まれたというのが有力仮説だが、十分な調査は行われていなかった。

「船務長と機関長、青鳳の機器に問題はないか？」

確認はさせたものの、艦内機器に問題はないだろうと夏艦長も思ってはいた。機器に問題があれば青鳳がワープすること自体が不可能だ。地球から一〇〇光年以上離れているはずのセラエノ星系に到達できたものの、誤差が五天文単位になるような中途半端な機械的トラブルは考えにくい。

夏艦長の経験でもこんなことは初めてだ。ワープ航法の教科書冒頭には「ワープ宇宙船とはタイムマシンである」と書いてあるが、すべてが順調な時にそれを実感することは稀だ。それだけにちょっとしたトラブルでも、彼女は不安を覚えずにはいられない。

「ワープ機関にトラブルはありません。ただ、ワープアウト時のエネルギー消費量が通常よりも増えています。およそ一〇パーセントほどですが、通常ではあり得ません。可能性としては、周辺に恒星が少ないボイドの内部で何か起きているのかもしれません。ダークマターの偏在が起きているとか、そうした類《たぐい》です」

チャン機関長は若いが、ワープ機関については経験を積んだ俊英だ。ワープに関しては博士論文の準備もしている。その彼がボイドの構造に言及するからには、根拠のない仮説とは夏も一蹴できない。

「エレンブルグ博士、何かご意見は？」

艦長席の後ろに、科学担当主任として同乗しているミコヤン・エレンブルグ博士の席がある。通常は科学担当主任などという役職は軍艦に置かないが、植民星系の調査が主任務の偵察戦艦には科学班が編成され、ブリッジにも代表として科学担当主任の席が置かれていた。

「艦長も知っての通り、ボイド周辺でワープ航法に影響が出ていることは、すでにいくつもの報告がある。誤差五天文単位というのは前例はないが、一〇〇万キロ単位のずれは珍しくなく、近年その頻度を上げている。

しかも、その誤差は明らかに拡大傾向にある。この傾向が続くなら、我々はボイドにワープアウトすることができなくなるかもしれない。つまりここにワープアウトするためのパラメーターだけが、何かの理由で変動しているということだからだ」

夏には、エレンブルグの仮説が意味するものを看過できなかった。

「セラエノ星系が外部とワープ不能になるとしたら、その前に一五〇万市民を脱出させねばならないということ？」

「まぁ、そうなると決まってはいない。最悪、そうした事態に備えねばならないということだ。我々はそうしたことが起こるかどうか、その調査のために来ているのだからな。さもなくば宇宙軍も青鳳大学を派遣したりはしないだろう」

エレンブルグの言葉には、それでも科学主任としての自信の無さが夏艦長には感じられた。あるいはそれは、怯えにも近かったかもしれない。そのせいかエレンブルグは夏艦長に同意を求める。

「科学者だった艦長なら、わかるだろ？」

夏クバン准将の宇宙軍でのキャリアは、ほぼ航宙大学で築かれてきた。地球の工科大学で素粒子の解析装置の研究をする中で、工学部の助手から少尉の階級で航宙大学に引き抜かれたのである。

航宙大学は、地球にあるベルリンと香港とシアトルに置かれた三つの分校の他に、静止軌道上のイーロンステーション、静かの海にある月面技術都市ケルンの、五つの分校のネットワークで成り立っていた。

そして夏は講師、助教、准教授、教授、上級教授と大学での官階とともに、宇宙軍での階級を上げていった。

もちろん航宙大学と宇宙軍は別組織であるが、ワープ宇宙船を指揮するには助教以上のキャリアが必要だった。いまはそんなことはないものの、ほんの三〇年ほど前までは、幹部乗員は全員博士号取得が義務付けられていたほどだ。決められた航路だけを移動する商船ならまだしも、短距離でも新規航路を選択する必要に迫られる軍艦では、専門知識を持ったスタッフが不可欠だったためだ。

それほどワープ宇宙船とは複雑怪奇な機械であった。粒子加速器の中で起きていたワープ現象が、ある条件下で加速器そのものを移動させることができた時から、ワープ航法の研究は始まった。

その時は、この現象が起こる原理も人類はすぐに解明できると考えていた。しかし、そうはならなかった。原理を解明するには太陽系規模の大きさを持つ巨大加速器が必要とさえ言われていた。むろんそんな加速器が建造できるはずもない。

一方で、ワープ機関そのものは、試行錯誤を重ねる中で、どうすれば宇宙船に応用可能かの方向性だけは明らかになってきた。そうした経験の積み重ねにより、人類はついに星系間を移動可能な装置を手に入れることができたのだ。

しかし人類は自分たちが作り上げた宇宙船がどうしてワープできるのか、すべてを把握できていなかった。ワープ理論は未だ五里霧中であると言われる所以《ゆえん》である。

だからこそワープの異変に対して、専門の科学者チームを擁し、青鳳大学とも呼ばれる偵察戦艦青鳳が派遣されたのである。

「一介の機関長が高名な博士に楯突くわけじゃありませんけど、ワープアウトが数天文単位ズレることは過去にもありましたよ。記録されている限りでは、地球近傍で一五〇年の間に三回。

なぜそうなるのかは未だに不明ですけど、大型ワープ宇宙船がほぼ同時にワープアウトした時、両方の宇宙船が三から五天文単位飛ばされてます」

チャン機関長の指摘をエレンブルグ博士は否定しなかった。

「それについて一番有名なのはグダニスク・タシケント事件だろう。九七年前に巡洋艦グダニスクと僚艦のタシケントが地球近傍で演習中にワープアウトして、グダニスクが予定領域から四天文単位、タシケントが五天文単位、それぞれ飛ばされた。

しかし、チャン機関長ならご存じと思うが、あの事件では、グダニスクとタシケントはパラメーターの設定ミスで、ワープアウト地点が危険なほど接近していたことがわかった。その事件以降、ワープ航法の運用規則が変更され、そうした事故は起きていない。

ここが地球近傍の軌道上であれば、何かのミスでそうしたことも起こるかもしれない。多数の宇宙船が一つの惑星の周回軌道を活用すれば、確率的にニアミスはあり得る。

しかし、ボイドの中にあるセラエノ星系は違う。ワープ宇宙船の来航など月に一隻あるかないかくらいの頻度だ。ニアミスの可能性は限りなく低い」

その会話に熊谷船務長がデータを示す。

「あぁ、我々とほぼ同時刻にクレスタ級輸送艦津軽がワープアウト予定ですね。補給物資の定期便です。しかし、我々とは十分な距離を取っての運航計画です。機関長のニアミス説は起こりそうにありません」

チャン機関長はそれで納得したようだが、エレンブルグは表情を暗くする。

「もしも機関長の仮説が正しいとしたら、ボイドではかなり激しい何らかの変異が起きているとしか解釈できん。ボイドにおけるダークマターの計測を徹底する必要がありそうだ」

「船務長、それで輸送艦津軽はいまどこ？」

夏艦長の質問に、熊谷船務長はAIにデータを調べさせる。

「当初の計画通りなら、到着したことがレアの管制局から運航データとして流されるはずですが、まだ届いてません。我々とニアミスして、飛ばされたんでしょうか？」

「このデータだけでそうした判断は早計でしょう。クレスタ級輸送艦の運用は、辺境域では数時間の計画遅れはざらよ。特に月一回とか、数ヶ月に一回の補給任務では、ギリギリまで物資の積み込みを行うことも常態化している。ただ単に、まだ地球を出立していない可能性もある。少なくとも、ボイドでニアミスする可能性よりは高いはず」

ブリッジの乗員たちは、夏艦長の意見に概ね納得したらしい。しかし、問題はほとんど解決してはいない。

「艦長、どうしますか？」

熊谷船務長が尋ねる。ワープ航法の誤差が疑われる状況で、惑星レアまでのワープを行うか？　彼の質問の意味はそうしたものだ。

「機関長、出力を三割まで落とせる？」

「もちろん可能ですが」

正面モニターの画面上で、チャン機関長が答える。

「ならば、機関出力を三割にして、その上で最初に予定していたワープアウト地点まで戻りましょう。座標誤差があっても、機関出力が三割なら星系内から出ることはないでしょう。再度のワープでもワープアウト誤差があれば、それを加味してパラメーターを再設定します」

「そうですね、機関出力を低下させるという手がありましたか」

すぐにチャン機関長は、ワープ機関に新しいパラメーターを、AIを活用しながら設定する。安全な航路を最優先としたことでAIは最初に一天文単位ワープし、その結果から再度パラメーターを設定するというルートを提案した。

チャン機関長の報告に、夏艦長はAIの提案を承認する。こうして偵察戦艦青鳳は一天文単位ワープする。そうして一天文単位だけ惑星レアに接近したため、外部と同期していない艦内時計は〇八三〇から進んでいたが、電波時計の時刻はワープより概ね八分前を示していた。

電波の発信源に一天文単位だけ近づいたから、時刻も約八分進むはずだが、そもそも自分たちは予定よりも未来にワープアウトしてしまったために、本来のあるべき時間に戻ろうとして、宇宙船の運航としては、最初のワープアウト地点の時刻よりも過去に向かっているらしい。ワープ理論では予想される現象だが、気分としては落ち着かない。人間は感覚としては未来方向に進むのは認知できるが、過去方向に飛ぶことは納得できないのだ。

「航法に問題なし！」

熊谷船務長が報告する。彼が安堵していることが、艦長にもわかった。

そこから再度、四天文単位のワープを行い、青鳳は惑星レアの軌道上に無事に遷移できた。到着時刻は、艦内での状況分析の時間を加算すれば、当初の到着予定時間と同じであった。

新暦一九九年九月一〇日一〇三〇・惑星ビザンツ近傍

「そちらの船影を画像として確認した。現在の明石と津軽の相互距離は五万キロ。現在の相対速度差が秒速三〇キロなので、一時間以内にそちらの手前で、足並みを揃えられる」

工作艦明石の艦長、狼群涼狐《ろうぐんりょうこ》が呼びかけると、クレスタ級輸送艦津軽より、コンマ数秒の時間差で返答が届く。文字列ではなく画像なのは、修理作業を行うにあたり、可能な限り相互の意思疎通の円滑化を期待してのことだ。

涼狐の通信コンソールの画面の前に、四〇前後の日系人と思われる人物の姿が現れる。

サブの画面には彼が津軽艦長、西園寺恭介《さいおんじきようすけ》と表示されていた。

輸送艦の艦長ではあるが軍人ではなく、宇宙軍と専属契約を結んでいるようだ。つまり軍の輸送艦を運航する契約を、西園寺らのチームの雇い主である船会社が請け負っているわけだ。輸送艦の運用形態としてはそれほど珍しくない。ワープ宇宙船の乗員は慢性的に不足気味だからだ。

「こちら津軽艦長西園寺、本艦の艦内システムのデータを送る」

すぐに津軽の艦内システムからのデータが届く。

「西園寺艦長、送られてきたデータだと、津軽は少なくとも六天文単位ズレてワープアウトしたことになるけど？」

「そうなんだ。何もしていないのに六天文単位もズレた領域にワープアウトし、おまけに深刻な機関トラブルが起きている」

涼狐の経験では、顧客の「何もしていないのに壊れた」の意味は「よくわからないまま動かしたら壊れた」の意味と解釈してまず間違いない。しかし、経験豊富な西園寺がそんな無茶をするとは思えない。ワープ宇宙船は、正しい手順を守らねば二度と帰還できなくなることもあるのだ。

涼狐は西園寺に対しては「そのままお待ちください」の画像を送り、音声をオフにすると、すぐに工作部長で妹の妖虎《ようこ》と津軽からのデータを共有する。工作部長は、涼狐がいるブリッジではなく、明石の中枢とも言える艦内工場にいる。

「妖虎、どんな具合？」

西園寺を表示している画面の隣に妖虎の姿が浮かぶ。涼狐は髪を伸ばして後ろで束ねているが、工作部長の妖虎は機械に巻き込まれないようにショートカットで通していた。我が妹ながら目鼻立ちが整った美形と思う。その意見は他の乗員たちも同じであったが、彼らの場合にはそれに「口を開かねば」という条件がついた。

「故障箇所は津軽の主機の二次誘導コイル。こいつが焼き付いてる。基本的な手順では、機関部に他の損傷がないか現場行って精査して、その上で二次誘導コイル交換して、テストして修理完了。ただ問題が一つある、姉ちゃん」

「何さ？」

「いまの明石には、主機用二次誘導コイルの交換部品の備蓄がありません」

「なんで？　発注済みでしょ？」

「納品が今月なの。たぶん津軽の積荷にあると思う」

涼狐は西園寺に確認する。すぐに返答があり、妖虎の言う通り、主機用二次誘導コイルは積荷の中にあった。

「どういう部品なのよ？」

「姉ちゃんにもわかるように言えば、ワープ機関を動かすための核融合炉で、高電圧を発生させる部品。

こいつなかなか巧みな設計でさ、ワープに異常が起きて破滅的な電流が流れた時に、自分が焼き切れることで本体の損傷を回避するの。主機本体が焼き切れたら、ドック入りして機関部ごと交換という大仕事になるから。エンジン交換より部品交換のほうが安いでしょ」

「工場にあるサーキットブレーカーみたいなもの？」

涼狐はここまでの話をそう解釈した。

「まぁ、素人の解釈としては合格ね」

状況はわかったが、具体的にどう修理するか？　涼狐は艦長としてではなく、経営者として考える。

クレスタ級輸送艦は、来航予定の偵察戦艦青鳳と武装以外は外見も内部構造もほとんど変わらない。これも当然で、軍艦も商船も、大型ワープ宇宙船は基本的な船体構造を共通化していた。

その意図は、量産による建造コストや、部品などの共有化による運用コストの低下だけでなく、乗員の教育カリキュラムを統一することにあった。宇宙船の量産よりも、それを運用できる乗員の教育のほうが難しいためだ。

工作艦明石にしても、大規模な改造が加えられているものの、基本はクレスタ級輸送艦である。宇宙空間で艦船の修理・改修を行う工作艦にとって、このことは重要だった。

「この商売はじめてから、宇宙空間で二次誘導コイルの交換なんかしたことないけど、どうして焼き切れたかわかる？　工作部長」

妖虎は言葉を選ぶように、こう説明した。

「可能性は三つ。

一つは津軽の整備がいい加減で、本当は行うべき部品やモジュールの交換を怠《おこた》り、ついに部品寿命がきた場合。でも、送られてきたログを見る限り、やるべき整備はなされている。よってこの可能性は低い。

二つ目は、ワープ航法のミス。お姉ちゃんわかってると思うけど、ここは予定していた津軽のワープアウト領域から六天文単位はズレている。だから何か馬鹿やって、ワープ機関にとてつもない負荷がかかって焼き切れた可能性。でも普通は、馬鹿やったらワープそのものが成功しない。恒星間を移動して、六天文単位だけズレました、なんて芸術的なミスはやりたくてもできない」

涼狐は妹ほどワープ機関に精通してはいないものの、艦長を任される程度の知識はある。津軽のデータを見る限り、整備不良や設定ミスが今回の事故原因ではないことはわかる。

その間にも妖虎は続ける。

「そうなると三つ目の可能性。何かの理由でワープ宇宙船が狭い領域でニアミスを起こすと、互いに数天文単位ズレてワープアウトすることがある。当然、ニアミスした宇宙船がワープアウトした時間も距離相応にズレる。これなら二次誘導コイルの焼き付きが起こった事例も報告されている」

そんな話は涼狐もどこかで耳にした記憶がある。しかし、その程度しか記憶していないというのは、滅多にない事故なのだろう。じじつ妖虎はそれを肯定する。

「ただ、これも数十年に一回あるかないかという頻度の現象で、しかも一世紀ほど前に起きたグダニスク・タシケント事件以降は報告されていない。ワープ宇宙船が来航するのが月に一隻か二隻というセラエノ星系で起こる事故とは思えない。

それに、機関にそこまで負荷がかかるようなワープパラメーターのミスがあったとして、無事にセラエノ星系でワープアウトできる可能性もまた限りなく低い。

ただそうは言っても、ワープアウトの距離が六天文単位もズレるなんて現象を説明できるのは、ニアミス説しかないのよね。姉ちゃん、今日のセラエノ星系に到着する宇宙船の運航計画わかる？　わかるならデータ送って」

涼狐は妹に首を振る。

「送るまでもないわ。青鳳と津軽の二隻しか予定はないの。どちらも宇宙港への入港軌道にワープアウト予定。〇八三〇に青鳳が到着、その後、〇九〇〇に津軽がワープアウトの予定。ちょっと待って、宇宙港からの定時報告だと、青鳳は遅れて到着したらしい。詳細不明……どういうこと？　到着時間なんて時計見ればわかることじゃないの」

「やっぱり津軽だけじゃなく、青鳳もニアミスで飛ばされたかな？　青鳳も予定のワープアウト地点から数天文単位飛ばされて、そこから戻ったから、詳細不明ってことじゃないの。

でも、津軽はやはりおかしいわ。六天文単位飛ばされたのなら、ワープアウトは四八分だけ未来の〇九四八じゃないと計算が合わない。だけど津軽がワープアウトしたのは〇九一〇だった。おかしいわよ」

「四八分かかるはずの距離を一〇分で移動したというのは、光速超えたってこと？」

「まさか。そんな事例はいままで一度も報告されていない。あぁ、そうか」

涼狐は身構える。過去の経験から、妹がこんな声をあげる時は、警戒したほうがいい。

「なにかわかったの、妖虎？」

「津軽の運航ログを精査しないと確実なことは言えないけど、連中、予定より早くワープしたんじゃないかな。〇九〇〇の予定を何かの都合で〇八三〇あたりに地球をワープしたならば、ニアミスは起こる。光速超えたって話よりこっちのほうが断然ありえる」

「いま津軽の運航ログを私のほうで見たけど、定時に出発してる。そりゃそうよ。ニアミスのような事故を起こさないための運航規則なんだから」

妖虎が言うように、ワープ現象とは何であるかは依然として人類には解析できていなかった。それでも、到着予定時間が三〇分も違っている宇宙船でニアミスが起こるはずがないのも確かなことだった。グダニスク・タシケント事件にしても、到着予定時間の誤差は一秒程度のはずだった。

しかも津軽の場合は、前例のない超光速現象が起きた可能性もあるという。さすがに涼狐も何が起きていたのかわからない。

「ってことで、現状では故障原因は不明。でね、姉ちゃん。津軽の二次誘導コイルを廃品回収でも何でもいいから手に入れて。こいつが壊れた原因を解析すれば、ワープ現象の理論解明の貴重な物証になる。セラエノ政府が高く買ってくれるはず。たぶん新品の二次誘導コイルの倍の値段で売れる」

「わかった。あとは任せて」

涼狐は、待たせてある西園寺艦長に再び回線をつなぐ。

「お待たせしました。こちらのスタッフの分析では、ワープ機関の二次誘導コイルが過重な負荷に対してサーキットブレーカー的に働き、自身が焼き切れることで、主機の破壊を阻止したとなりました」

「なるほど、いや当方の運用長も同じ分析です」

運用長とはダメージコントロールの担当者だ。どうやら西園寺はこちらの技量のほどを探ろうとしていたらしい。辺境星系で見ず知らずのエンジニアにワープ機関を修理させるからには、それくらいの慎重さは当然だ。

「おそらくそちらの運用長も同じ意見と思いますが、一種のブレーカーみたいなものですから、二次誘導コイルを交換すれば修理完了ですし、交換作業はそれほど困難ではありません。しかし、滅多に故障するような部品ではないので当方にも交換部品の在庫はございません。

ただ、そちらの積荷に、我々が地球に注文した二次誘導コイルがあることがわかりました。ですから、それを当方が受領し、その上で津軽の故障部品と交換となります」

「それは、積荷を一度そちらに移動し、その上で破損部品と交換するということですか？」

西園寺は数十年に一度の事故が起きたことで、全体状況を見る冷静さをいささか失っているらしい。

「そんな無駄なことはしません。津軽のカーゴベイから取り出して、そのまま機関部に取り付けるだけです。ただ所有権移動の経理上の手続きが必要となります。レアの卸業者に手数料を支払う手続きとか、その辺はＡＩが処理します。書式はこちらで作りますから、津軽のほうで認証していただければ、交換部品は正式に明石の所有物となりますから、修理作業にかかれます」

工作艦明石は時に航行中の輸送船などから、本来のルートから外れて直《じか》に機材を購入することがあるため、ＡＩも今回のような事務手続きには精通していた。それで助けられた宇宙船も少なくなく、惑星レアの卸業者や船会社も明石のこうした特別発注には協力的だった。

津軽と明石の間で作業計画を立てている二時間ほどの間に、二次誘導コイルの決済が終了し、所有権が合法的に移譲したことが報告された。

「そちら工作艦明石ではなく、狼群商会なんですか？」

二次誘導コイルの購入手続きデータが届いたのか、西園寺はそんなことを確認してきた。

「工作艦明石は狼群商会の保有ですから。ただ本社が明石の艦内にあるだけです」

「なるほど。現在、我々は相互距離を二キロおいて待機中ですが、作業はすぐ始められますか？」

西園寺艦長は、疑問を抱く様子もなくそう尋ねる。

「すいません。ご質問の意味がよくわからないのですが？」

「何がですか？　そちら明石が二次誘導コイルを交換するんですよね」

「すいません。どうして我々がそちらの二次誘導コイルを交換しなければならないのでしょうか？」

「えっ、だって津軽の積荷の所有権をそちらに移譲させたじゃないですか」

「西園寺艦長、あなたのお話を伺うと、明石は契約も結んでいないのに、無償で弊社所有の二次誘導コイルの交換という難しい工事をしなければならないと仰《おっしゃ》っているように聞こえるのですが？」

涼狐の画面に、口を半開きにした西園寺の顔が映る。

「津軽の修理にも契約が必要なんですか？」

そう言いながら西園寺の表情が元に戻ってゆく。やっと状況が飲み込めてきたらしい。

「契約が必要なんですか？　って、ワープ宇宙船を修理するのに契約書も交わさないほうがおかしいでしょ。別にこれは我々が無理を言っているのではないですからね。修理後にトラブルが起きても、契約があれば法的根拠をもって時後の対応ができるんですから。これは津軽を守るためでもあるんです」

「要するに修理費が必要なんですね」

西園寺は特にイラついている様子はない。宇宙船の修理はほとんどの場合、軌道上の宇宙港で行われる。その場合の会計処理は、出港時に他の補給品やドック使用料などと合算で精算される。航行中の宇宙船が工作艦に修理されることはあまりない。それは故障を意味するからだ。そして宇宙船は故障しないように維持管理されているのが普通だ。

だから明石が修理を請け負う時、レスキューか何かと勘違いして、修理は無償で行われると思い込む宇宙船も少なくない。確かに人命救助は無償だが、津軽のような状況での修理作業は有償なのだ。

「基本的に、部品代と修理に関する技術料です。それと廃品回収費用が今回は必要ですね。焼き付いた二次誘導コイルは外さねばなりません。あれは小さなビルほどありますからね。必要書類は出しますから、地球に戻れば船舶保険で処理できると思います」

西園寺艦長は、保険の書類を参照して明らかに落胆した表情を見せた。船舶保険の補償内容が渋いのだろう。

「それでは、津軽に修理作業の発注書を送ります」

書類内容に西園寺は怒鳴り込むかと思ったが、彼は泣きそうな声で問い返してきた。

「すいません、七五五万クピットとあるんですけど、内訳の二次誘導コイルの五〇〇万クピットって何ですか？　いまさっき津軽の積荷を、手数料こちら負担で三五〇万クピットで売りましたよね。同じ部品が、どうして一瞬で五〇〇万クピットになるんですか！」

クピットとは地球や他星系を含めた人類社会共通の通貨単位である。語源は量子ビットのキュビットにあるという。それからわかるように、クピットは仮想通貨の進化形である。

むろん国民国家もこの数世紀で大きく変貌したが枠組みは残っており、国ごとの通貨も経済分野によっては今日も維持されている。概ね、一クピットは一北米ドルもしくは一・五新人民元に相当する。

星系によって異なるものの、中央値で言えば、五万クピットあれば四人世帯で一ヶ月生活できた。

「あのですね、二次誘導コイルって、名前こそコイルですけど、鉄芯に銅線巻いただけのコイルとはまったく別物です。極限環境下でナノマシンの入った作動流体を細管で循環させる、流体コンピュータ機能も織り込んだ複雑怪奇な装置なんですよ。

それに、交換しようという部品は、そちら様も知っての通り工場直送の未開封の部品だ。持ってくところに持ってゆけば、六〇〇万にはなるのよ」

「それはわかりますよ、私だって艦長だ。そうじゃなくてさっきまで三五〇万のものが、どうしていま五〇〇万になったのか？　それを訊いているんです！」

西園寺は泣きそうな顔でそう抗議するが、もとより涼狐もその辺のことは織り込み済みだ。

「ええとですね、たしかにそちら様から我々は交換部品を原価で購入しました。しかし、本来、こちらの交換部品の調達についてはそちら様は与《あずか》り知らぬこと。我々はただ販売価格を提示しているに過ぎません。

西園寺艦長、あなた店屋に行って、五〇〇クピットの商品に対して、仕入れ値の三五〇クピットで売れとおっしゃるんですか？　艦長という社会的地位にある西園寺さんのような方が、そんな無体な真似はしないと当方は認識しておりますが」

西園寺は後ろに向かって「運用長どうなんだ？」とか「ちょっと主計長！」などと叫んでいる。どんな会話か知らないが、「なんでだよ！」とか「ひでぇ、法律だ」とかいう西園寺の悪態が画面からかすかに聞こえてくる。

「ええと、わかりました。二次誘導コイルが定価でも構いません。法律に違反しているわけでもないですからね。

でもですね、それはそれとして七五五万クピットは高すぎませんか？　もう少し妥協していただけませんか？」

「交換部品の価格はセラエノ星系の公定価格があるので、そんなに下げられませんよ。

それに、技術料だって、ディスカウントできるようなものじゃありません。作業にあたるこちらのスタッフの安全管理の費用も含まれてるんですからね。

まぁ、でも、私どももそちら様と喧嘩したくもありませんしねぇ。わかりました、焼き付いた津軽の二次誘導コイルは無償でこちらが引き取ります。廃品処理代は当方で負担します。それで五〇万引けますけど、どうです？」

西園寺は再び後ろで何か話している。

「狼群さん、六〇万引けませんか？　作業員を出しますよ。こちらの運用長も一緒に仕事したいと言ってるんですが」

「経費を節約したいというそちらの運用長のお考えは理解できますが、機関部というデリケートな部分の作業ですので、明石のスタッフ以外の人間を混ぜるのは安全管理上、ちょっと避けたいですね。でも、運用長のお気持ちは受け取って、五三万ほど引きましょうか？」

「五三って、いかにも中途半端じゃないですか。七五五万ですよ、端数切り捨て七〇〇万クピットでどうです？」

「五五万値引きで七〇〇万ですか。わかりました、まぁ、我々もここで手ぶらで帰れませんから。契約書の付属文書は作成します。問題なければ認証して返却してください」

こうして契約は成立し、すぐに作業準備が始まった。涼狐は工作部長の妖虎と回線を繋ぐ。

「どう、いまの交渉。七〇〇万クピットで妥結。津軽の部品を政府に売れば、一〇〇万クピットにはなるはずよね。まぁ、政府相手なら値引きして貸しを作るというやり方もあるけどさ」

自慢げな涼狐に、妖虎はダメ出しをする。

「お姉ちゃん、まだ甘いわ。明石の二次誘導コイルをさ、中古だからって四〇〇万で売って、新品の二次誘導コイルを明石につければ、整備費をずっと圧縮できるわよ」

「妖虎、それはちょっと酷くない？　そこまでして儲けなくてもいいでしょ。いったいそんな悪どい稼ぎ方、誰から習ったの？」

「誰からって、ママよ」

妖虎は当たり前だろうと、言わんばかりだ。

「ママかぁ……ママねぇ……なら、しゃーないなぁ」

「よし、通信機のテスト。各部門、応答せよ」

工作艦明石工作部「な組」の組長である椎名ラパーナは、作業艇ギラン・ビーのコクピットより、傘下のスタッフに指示を出す。工作部には五つの担当部署があり、それらは工作部長の妖虎の趣味で、あ組・か組・さ組・た組・な組と名付けられていた。妖虎が留学中に地球で見た古い時代の消防士に関係するらしいが、何を意味するか工作部でも知るものはいない。

ともかく工作部で船外作業担当は「な組」であり、椎名はその組長である。それだけは工作部で誰もが知っていた。

椎名のスタッフの一部は津軽に乗り込み、輸送艦のクレーンを操作すべく待機している。大型宇宙船の構造が規格化されているメリットはこうしたところに現れる。艤装品のクレーンも共通なので、操作経験のある人間なら、どの船に乗ってもすぐにクレーン作業を自在に行える。

どういうわけか津軽の運用長は、自分一人だけでもいいから手伝いたいと主張していたらしいが、それは狼群艦長が丁重かつ断固として断ったらしい。修理作業中は対象船舶の艦長や船長といえども、作業指揮に口を挟めないことになっていた。デリケートなワープ宇宙船の修理作業を宇宙空間で進める上で、指揮系統の混乱は事故の原因となるという多数の事例が背景にある。

ワープ宇宙船の事故は、機械的故障よりも組織面の不備が原因のことが多く、特に艦長が権威主義者の場合では、事故率は三倍に跳ね上がった。

こうしたことから宇宙空間での作業終了までは、修理対象船舶の運用に関する一切のことが、工作艦工作部の指揮下に入ることと法的に定められていた。

権威主義者が問題になるのはセラエノ星系のような辺境星系が多かった。これは辺境地域の社会が権威主義的になるという意味ではない。

比較的歴史があり、工業化の進んだ星系は、工作艦に頼らずに工廠《こうしょう》やドックでの入渠《にゅうきょ》作業となるので、そもそも乗員が修理作業に介入する場面がないからだ。

二次誘導コイルの交換のような面倒な作業を、あえて工作艦に委ねなければならないような星系では、乗員が介入する余地が否応なく大きくなる。だからこそ指揮系統の明確化が必要なのだ。

「ロスです。クレーンには問題ありません。乗員も協力的です」

コンテナ移動を担当するロス・アレンから真っ先に返事が来た。ロスは椎名の右腕的なスタッフで、だからクレーンを任せた。何しろ積荷の部品を取り出して、それと故障部品を交換するという例のない作業だ。コンテナ移動の手際の良し悪しで、作業時間が数時間は違ってくる。

「セラです、ボス。二次誘導コイルは見事に焼き付いてますね。何をすれば、こんな焼け方をするものやら」

津軽の機関部に入って待機しているセラ・カーライルからも報告が届く。元軍人で腕は確かだ。

「まぁ、回収して調査ね……あっ、待って。全員、注目。いま明石から追加情報が入った。今日、来航予定の偵察戦艦青鳳も五天文単位飛ばされてる。ワープのニアミスじゃないかという青鳳側の分析。ただ時間も場所も離れすぎているので、現段階ではニアミスとも断定できない。

青鳳のログだと、あちらの二次誘導コイルは負荷の急増は見られたけど、許容範囲に収まってる。何が起きたか知らないけど、津軽が負荷の大半を引き受けた形ね。

セラ、二次誘導コイルがワープ機関に固着してたりしないわよね？」

「それは確認しました、ボス。幸い、固着はしてません。ラッチ外せば分離できます」

「よかった。固着していたら、ワープ主機を切断するのどうのって大仕事になったところよ」

その間も椎名は各部門と通信回線を確認しつつ、報告を求める。

「だいたい、こんな手順だと思う」

通信用コンソールに割り込んできたのは、椎名の参謀格の河瀬康弘《かわせやすひろ》だった。ロスは右腕だが部下であったが、河瀬は同僚に近い。担当は作業計画の立案だ。スタッフ全員に作業工程全体を理解させるとともに、個々のスタッフには自分が何を為すべきかを指示する。そうした作業計画の立案に長《た》けているのが河瀬だ。

作業艇ギラン・ビーは船体のエンブレムも働き蜂であったが、全体の形状は同じ昆虫でも甲虫を連想させた。

世間では、工作艦の作業は損傷宇宙船に接舷して修理をするようなイメージを持たれていたが、実際は対象に接するのはギラン・ビーのような作業艇だ。

このため、宇宙船に搭載される一人乗りの作業ポッドなどよりも二回り近く大きかった。

基本的な形状は直径六メートルほどの球体を潰したような円盤が二個並んでいる。この円盤が居住施設であり、二つの円盤を連結する中央部の梁《はり》を兼ねる箱形構造の中に、機関部分などが収められている機械モジュールがあった。

河瀬はこの円盤型の居住区で作業を進めていたが、椎名は中央部の機械モジュールの先端部にいた。透明な特殊素材で作られており、その窓と複数のモニターを併用して作業の流れを把握していた。「窓は故障しない」ことから目視確認を重視していたのである。

それでも彼女は古い技術に固執しているわけではなかった。いまも網膜に投影された拡張現実の中で、河瀬の作業手順を確認する。椎名が窓を活用するのは、拡張現実により視界の情報を補えるからだ。

河瀬の作業手順は単純であった。津軽の格納庫から二次誘導コイルの入ったコンテナを船外に引き出し、それと並行して津軽の機関部から二次誘導コイルを取り出す。

「破損した部品の回収は明石にやらせるの？」

「ギラン・ビーを使うより時間の節約になりますから」

「確かに、こいつはここに張り付けておきたいわね」

工作艦明石にもギラン・ビーのような作業艇は一機しかない。だから部品の移動のためだけに作業艇が現場から離れたくはない。一応、ギラン・ビーに装備されている八本の作業アームのうち二本は、小型ドローンとして本体から分離して活用できた。小さなものならそれで移動できたが、さすがに二次誘導コイルほどの巨大な部品となるとドローンでは荷が重い。

河瀬の作業手順は工作部長も了解し、工作艦明石がそのハンマーを思わせる巨体を動かし始める。

ベースはクレスタ級輸送艦であるにもかかわらず、明石だけが異質な形状なのは、その来歴にあった。

セラエノ星系は植民の歴史が浅いために、星系内の航行支援システムもインフラとしては不十分な時期が長かった。このことが原因で、輸送艦有明と輸送艦石狩が衝突するという事故が起きた。

この大破した二隻のクレスタ級輸送艦を、スクラップとして「トン幾ら」という安値で購入したのが、現在のオーナーである狼群商会であった。

彼らは二隻の宇宙船から使える部分を繋ぎ合わせ、工作艦明石を完成させたのである。この宇宙船は地球の宇宙軍基準の要件を満たしたため、「必要ならば宇宙軍の指揮下に入る」ことを条件に工作艦と名乗ることを許され、ついでに補助金も手に入れた。

こうした宇宙軍のお墨付きを得たことは、セラエノ星系の競合他社に対して狼群商会の技術力を誇示するのに大いに役立った。すでにかつての競争相手はすべて狼群商会の傘下にある。

ちなみに明石という艦名は、材料となった有明と石狩からそれぞれ一字をとったものである。

作業は複雑だったが、各部門の連携が円滑にいったために、津軽の焼き付いた二次誘導コイルの交換は六時間ほどで完了した。

新品の二次誘導コイルを装備した輸送艦津軽は、機関部の試験手順のすべてに合格し、ここで二次誘導コイルの受領と工事について西園寺が契約完了を認証し、その瞬間、作業は終わった。

輸送艦津軽はすぐに惑星レアへワープし、明石は艦内に収容した焼き付いた二次誘導コイルの確認と船倉への固定作業を行なった。可能性は低いが明石がワープすることで、二次誘導コイルが共振するような事態が起こらないようにするためだ。船倉の固定台にはそうした異常が起こらないための機能が備えられていた。

二次誘導コイルは二階建ての家ほどの大きさがあった。金属製の四面が切り取られ、開口部からはシリンダー本体の姿が観察できた。一番目につくのは、やはり名前の通り、上下二段に重ねられた巨大なコイルであった。

ワープ機関とは簡単に言えば、少ないエネルギーで時空を変容させる装置である。黎明期のワープ機関は跳躍距離も短かったが、核融合炉技術の発展により、投入できるエネルギー量も飛躍的に増大し、ついに星系間の移動も可能となった。

その段階で解ってきたのは、空間を変容させるワープ機関主機よりも、制御を司《つかさど》る二次誘導コイルなどのサブコンポーネントのほうが技術的難易度が高いということだった。

慣習的に二次誘導コイルと呼ばれており、じっさい容積の多くはナノマシンを封入した超伝導磁石が占めているが、機能としては粒子加速器だ。二次誘導コイル内で作り出したナノレベルの時空変容を、マクロスケールに拡大するのがワープ機関主機の働きなのだ。

「音響機器に喩えるなら、二次誘導コイルは音源で、ワープ機関主機はアンプである」とは、天文学者からロックンローラーに転身したある人物の言葉だが、人類文化からロックミュージックが衰退した今日でも、この言葉は教科書の巻頭に記されている。

「工作部長、何が起きたかわかる？　うちの商会でワープ機関について博士号持ってるの、あんただけなんだから」

涼狐は、二次誘導コイルのスクラップに計測器をつけている妖虎に尋ねる。他にも椎名をはじめとした幹部クラスがその作業をのぞいている。

「あのね姉ちゃん、博士号取ったからって神になれるわけじゃないのよ。わからないのはわからないというのが、科学的に一番正しい態度です。

まぁ、わかる範囲で言えば、ワープ宇宙船のニアミスによる負荷の増大なのは間違いない。グダニスク・タシケント事件のレポートと多くの点で合致する。

でもねぇ、そこがおかしい。時間も場所も安全な隔たりを設けているのに、どうしてニアミスが起きたのか？　そして津軽だけに負荷がかかった理由は何か？　そこがわからない」

しかし、涼狐は引き下がらない。

「仮説の一つもないの？　別に論文提出しろってわけじゃなくて、転売するにしても、お品書き的に分析とかレポートをつければ先様《さきさま》の心象も良くなって、購入価格にも影響するのよ」

「それって、商道徳としてどうなの？」

「何言ってるのよ、物理法則がどうあれ、ビジネスってのは、市場が求めていれば、永久機関の開発でも投資家が集まる世界なの」

「それって、詐欺に聞こえるけど……」

妖虎は姉の発言に引いていた。

「そうじゃない。作家は、みんなが読みたい物語をメディアに流して収入を得る。それは詐欺じゃないでしょ。ビジネスの世界も同じ。耳触りのいいファンタジーにみんな投資するってだけ」

「私よりもお姉ちゃんの商売のほうが悪どい感じがするけど。誰がそんなこと教えたの？」

「ママに決まってるじゃない。私たち姉妹は父親は違っても、母親は同じ人なんだから、同じ教えを受けてきた。ただ育った環境が違うから、倫理と悪どさのベクトルの向きが違うだけ。でも、それでいいのよ。物理にも倫理にも、絶対座標なんてないの」

涼狐はそれほど酷いことを言っている自覚はなかったが、その場にいる乗員たちにとっては、やはり酷い話と思われたらしい。それだからか椎名が妖虎に助け舟を出す。

「ビジネスはともかく、この異常現象に何らかの仮説は立てられませんか、工作部長？」

「そうね、二次誘導コイルがこんなに焼き切れるというのは、津軽と青鳳がワープ終段でニアミスを起こしたためと解釈できる。他にこうした現象の報告はないけど。

でも、この二隻はワープアウトの時間も空間も十分安全なだけ隔たりを持っていた。両者の航行装置にも不備はないようだ。

ボイドの中にあるセラエノ星系に、外部からワープ宇宙船が来航する頻度は低い。それなのにこうした事故が起きたというのは、この半径三〇光年に星系が二つだけという、ボイド領域の構造に何か問題があると思われる。

それにしても少なくとも先月まではこうした事故が起きていないことを考えるなら、ボイド領域での時空の変容は活発化している可能性がある。まぁ、仮説と呼べる水準ではないけど、これくらいは言えるかもね」

妖虎の話を聞いて涼狐は考える。

「経理部長、うちの輸送船ケルンは空いてたわよね？」

狼群商会の経理部長である沙粧《さしょう》エイドリアンは宙を見つめていたが、彼の視界の中には輸送船ケルンの状況が表示されているのだろう。

「レアの軌道上で定期点検中です。明日には終わりますが」

「ちょうどいい、うちの会社が蓄えてるワープ宇宙船用の船舶部品、あれをケルンの船倉に移してちょうだい。目立たないようにね」

沙粧はその意味がわからなかったようだが、さすがに工作部長の妖虎は違った。

「セラエノ星系は、外部とワープ航法が使えなくなると考えているの？」

そう問いただしてくる妹に、涼狐は答える。

「あなただって、この事例だけでそんなことは断言できないでしょ。じつは観測不能なダークマターの流れにぶつかっただけで、すぐにこんな現象は終わるかもしれない。それとも別の何かかもしれない。

でも、そんなことはいいのよ。セラエノ政府が自分たちはワープできなくなるかもしれないと考えたらどうするか？　惑星レアの一五〇〇万市民を脱出させねばならなくなる。

具体的にそれをどう実現するかはともかく、確実なのは宇宙船部品が統制品になること。地上の倉庫なら確実に没収でしょう。軌道上のケルンの中なら、交渉の余地はある。我々は工作艦だ。

ようするに、さっきの話と同じよ。科学的にどうであるかよりも、政府は自分たちの物語で動く。セラエノ星系は外部とワープができないという物語を信じたら、政策はその物語で進む。だったらそれに備えましょうって話」

「でもですね、社長」

沙粧が異論を唱える。

「地上に置こうがケルンに運ぼうが、事態がそこまで進んだら、同じことじゃないですか。軌道上にあれば政府の権限が及ばないわけじゃないでしょう」

「そうじゃない。こちらの機材が政府管理下に置かれても、宇宙にあれば、管理は我々に委ねるほかはない。

このセラエノ星系で、私たち以上に宇宙船部品を合理的に扱えるチームはいないのさ」

涼狐の話に狼群商会の幹部たちは納得し、すぐに軌道上の輸送船ケルンに物資を移動させる計画を練り始めた。

「私、この分野は素人なんですけど、仮にセラエノ星系から脱出するって話になったら、輸送力を増やすために明石にケルンを溶接かなにかしたらワープできませんかね？」

沙粧は涼狐に尋ねたが、先に妖虎が説明する。

「ケルンはヒッパー級輸送船で、星系内の内航船として設計されてるのよね。恒星間ワープ能力がないから輸送艦より小さい輸送船の分類だけど、それでも明石にケルンを結合したら質量過重でワープ機関が焼き付きます。

特に明石は宇宙船二隻を結合するという無茶なことやってるから、普通のクレスタ級より重くて、なおさら過積載のマージンは少ないの。

そんなことより、まず優先すべきは船じゃなくて人間よ。なに、明石さえあれば、他の星系でも仕事はあるさ」

そうして、それぞれが涼狐の指示に従って散ってゆく中、妖虎は姉に話しかける。

「悪どい商売をしていても、やっぱり最後は、人命優先って倫理で動くのね。なんだかんだ言っても、姉ちゃんもママの娘ね」

「ねぇ、妖虎さん。倫理観は私が自分で成長して学んだの！」

2 首都ラゴス

新暦一九九年九月一〇日〇七〇〇・首都ラゴス

「ジャライ首相、起床時間です」

首相公邸のエージェントＡＩはそう言うと、彼女の気持ちなど無視して、リビングの窓と寝室の壁の透過度を最高にする。本日の日出時間は〇六四七であるから、東の窓から朝陽が壁を通して容赦なく注ぎ込む。アーシマ・ジャライがベッドから起き上がると、ＡＩは窓と壁の透過度を元に戻す。

「カール、本日の予定は？」

着衣を整えながら、アーシマはＡＩに質《ただ》す。カールは彼女の専用エージェントＡＩの名前だが、かつては夫のものだった。カール・マオは政治や行政とは畑違いのエンジニアだったが、自分の妻の愚痴に嫌がることもなく耳を傾け、時に独自の視点から適切な助言を返してもくれた。

誠実な人間で、妻に嘘をついたこともない。唯一の例外は、生涯を共にしようという結婚式の誓いであり、カールが約束を破ってからすでに五年になる。

AIの音声は自由に選ぶことはできたが、アーシマはカールの音声を中性的にしている。夫の音声を再現するのは容易だが、それができるほど気持ちの整理はまだついていない。

「本日の最優先タスクは、偵察戦艦青鳳の歓迎レセプションです」

カールは壁に、スケジュールの詳細を表示する。今から一時間半後に青鳳はワープアウトする。地球と違って惑星レアに軌道エレベータなどはなく、それどころか地上の宇宙船発着場も未整備だ。人間はシャトルで軌道上の宇宙港と行き来できるがそこまでだ。地球からの大型物資などは、使い捨ての降下カプセルに詰めて海洋に落下させる。

首都ラゴスが海岸に面しているのは、こうした物資を船で回収し、揚陸を行うためだ。

首相公邸は邸宅ではなく、中央官庁の入った背の高いビルの最上階にある。全高二〇〇メートルのラゴスタワーと呼ばれるこの建物が、首都だけではなく惑星全体で一番の高層建築物だった。地上四〇階・地下三階のこのビルにセラエノ星系政府のすべての機能が収まっていた。しかも、容積的にはまだ十分すぎるほどの余裕がある。

二番目に背が高いのは、南に五〇〇メートルほど離れたラゴスドームと呼ばれる七〇メートルの円形の建物で、首都圏の大規模イベントはすべてそこで行われる。

青鳳の乗員たちを出迎えるレセプションも行われる予定になっていた。ラゴスタワーより北に五〇〇メートルのところには、一五階建てのサイコロのようなビルがあり、これがラゴス市庁舎だ。セラエノ星系政府が誕生するまで、惑星レアのすべての行政事務は、あのサイコロのようなビルで行われていた。アーシマも若い頃は、市の職員として政府立ち上げに尽力していた。

しかし、アーシマは町の景観に感傷に耽《ふけ》っていたわけではない。青鳳を出迎えるレセプションの段取りを自分の中でシミュレートしていたのだ。

セラエノ星系のような、いわゆる辺境地域に、地球圏から青鳳のような宇宙軍最新鋭戦艦が来訪することの意味は小さくない。もちろん青鳳にとっては、通常の航行訓練と人類社会の連帯の証《あかし》とかいう宇宙軍のスローガンに従ったものに過ぎないだろう。

しかし、セラエノ星系政府にとっては違う。地球圏と政府との密接な関係を誇示することは、政権の権威を示す上で重要な意味がある。ここでいう地球圏とは曖昧な概念だ。狭義には太陽系内の地球や宇宙都市などの人類社会を指す。ただ最初期の植民星系であるカプタインbやロス128bのような、太陽系経済と不可分な領域を地球圏に含めることもあった。

相互依存の強い地球圏とは異なり、基礎的資源の自給自足が行われているセラエノ星系ではあるが、財政面では地球圏経済に大きく依存しているのが現実だ。地球圏が植民星系へ補助金を支給し、植民星系はそれで地球圏から高度技術製品をはじめとする物品を購入する。そうした形で人類世界の経済は回っている。

だから地球圏との関係を密にすることは、セラエノ星系の経済基盤の安定につながり、それはつまり政治基盤の安定と同義語だ。

むろん植民星系の経済基盤の安定を願うのは、地球圏も同様であり、彼らが他星系の政治や経済に過度に干渉するようなことは今日ではまずない。

それでもアーシマがこの歓迎レセプションを重視するのは、今年が選挙の年であるからだ。慣習的に、首相が任期を終えると、次の首相には無風選挙でラゴス市長が就く形が続いていた。これは植民初期には、ラゴス市長が惑星レア全体の行政府の長であった歴史による。

しかし、今回は違う。ラゴス市長の哲秀《てつしゅう》の対抗馬として、第二都市アクラのモフセン・ザリフ市長も首相選に名乗りをあげているからだ。

アーシマもかつてラゴス市長ではあったが、市長から首相にエスカレータ式に権力が移譲されることは望ましくないと考えていた。それはあくまでも惑星社会が発展する過渡期の慣習だ。

それでも彼女はザリフの首相就任だけは阻止すべきだとの立場だった。哲はザリフと比べれば凡庸な人間かもしれない。しかし、彼は誠実な人間だった。そしてアーシマはザリフを、政治理念の欠けたパフォーマンスだけの男と認識している。支持しない理由としては、これだけで十分だ。

身支度を整え、コーヒーを飲みながら、地元メディアのニュースに目を通す。人類はワープ宇宙船で幾つもの星系に植民社会を築いたが、電波通信だけは即時とはいかなかった。

即時通信により未来の情報が過去に送られるような深刻なパラドックスが生じない点ではありがたかったが（パラドックス回避の何らかの機構が、ワープ航法を実現する原理の中にあると唱える専門家もいる）、地球圏の情報は宇宙船が伝達するしかない点で、不便さはあった。

それでも発展した植民星系のように、毎日地球圏との宇宙船の連絡があるようなところなら、それほど深刻な問題はない。しかし、セラエノ星系のように月に一隻とか二隻という辺境星系では、情報ギャップはかなり深刻だ。

それだけに青鳳の来航はありがたい。ザリフよりも先に地球圏の情報を掌握することは、選挙の大きな武器となろう。商船よりも軍艦のほうが、得られる情報の質が高いことが多いのだ。

カールが〇八〇〇を告げる前に、アーシマは首相専用エレベータで執務室へと降りる。首相の執務室はラゴスタワーの中層である二〇階のフロア全体だ。ビル内の関係官庁から可能な限り平等にアクセスしやすいことを意図しての判断だ。フロア内にはアーシマ首相直属の政策スタッフが交代で常駐しており、〇八〇〇から首相を交えてのブレックファストミーティングが行われる。

食堂兼ミーティングルームには四人掛けテーブルが六つランダムに配置され、二〇人のスタッフが適宜、席についていた。席順は原則自由だったが、第一政策秘書であるハンナ・マオだけは、アーシマから見て正面のテーブルに就く。ミーティングは、彼女の報告から始まるからだ。

ハンナはカールの妹であり、アーシマから見れば義妹にあたる。最初に会った時はまだ学生で、行政職志望だった。その時の彼女に対する印象は、夫の妹でしかなかった。ハンナはアーシマのように行政学の研究者から政界に転身したのではなく、官僚機構の階段を上ってきた。そして高級官僚から政界に進む中で二人の人生は交差する。すでにハンナは義妹ではなく、アーシマにとっての同志であった。

「まず、偵察戦艦青鳳の来航ですが、単なる航行訓練の類《たぐい》ではないようです」

「航行訓練ではないなら、他に何があるの？」

アーシマは食べかけたトーストを皿におく。マナーはともかく、この場では情報分析が優先されるのだ。

「事前に通知のあった乗員名簿の中にミコヤン・エレンブルグ博士の名前がありました。著名な物理学者で、ワープ航法を実現する理論解析が専門です。局所的絶対座標理論の提唱者です」
二、三名の科学関係のスタッフが失笑を漏らす。局所的絶対座標理論とは、ワープ航法は絶対座標を設定するとうまくゆくが、現代の物理学は絶対座標の存在を否定しており、この矛盾を説明する仮説である。
ミコヤンの仮説は、大宇宙の中で一〇〇光年、二〇〇光年という局所的な領域では、絶対座標が存在するように見えるが、それはあくまでも宇宙の限られた領域での話であり、銀河系全体という巨視的なレベルでなら、ワープ航法も相対論的な運動をするはずというものだ。

しかし、巨視的レベルのワープなど誰も行なったことはなく、この仮説のエビデンスは極めて乏しい。このため作文理論、あるいは御都合主義理論と酷評する科学者も少なくなかった。

失笑が収まるまでの一分ほどの間に、ハンナもヨーグルトを口にする。第一政策秘書の振る舞いは、他のスタッフに対する「我々には無駄な時間はない」というメッセージでもある。プライベートでは彼女が別人のように、食事に時間をかけることをアーシマは知っていた。

「貿易局によると、この三ヶ月ほどの間に、セラエノ星系にやってきた宇宙船は六隻。そのいずれもがワープアウトに一〇万キロ単位の誤差を伴っています。時間にすればコンマ数秒に過ぎません。ですが誤差は着実に大きくなっている。

このことは貿易の現場では問題になっていません。ワープアウトと宇宙港への移動とコンテナ移動のシーケンスにはマージンが織り込まれていますから。誤差はマージンの中に埋もれています。

しかし、セラエノ星系のようなボイドでの誤差の拡大は、ワープ航法を成立させる物理モデルの構築に、大きなヒントを与えてくれる。地球圏ではそうした思惑から偵察戦艦青鳳を派遣したのではないかと推測されます。

青鳳は就役からすでに三年が経過している宇宙船です。いまさら完熟訓練が必要なほど新しくはありませんが、下級幹部の訓練に使われるほど老朽化もしていない。そして今回の乗員はベテラン揃いです。新鋭艦を精鋭で動かしていることからも、先の推測は妥当ではないかと考えております」

ハンナは説明を終えると、トーストに口をつける。アーシマは適当なタイミングで質問する。

「セラエノ星系でワープに関して異変があり、青鳳はそれを調査するのが任務ということ？」

「政策秘書団としては、その分析です」

アーシマは、食べかけのパンを手に取りながら考える。

「彼らは、何かしら深刻な事態を想定していると解釈していいかしら？」

「現時点では差し迫った危機の存在は感じていないと思います。そうであるなら、我々に連絡を入れるでしょう、手順としては。なので今回の来航はあくまでも基礎的な調査のはずです。

もちろん調査結果によっては我々に地球圏政府から何らかのアプローチがあると思いますが、青鳳からではないでしょう。夏クバン艦長の階級は准将で、軍艦の艦長としては上級者ですが、政府特使を委ねられる階級ではありませんから」

ハンナの説明をアーシマは再度考える。調査前の事例で過度な反応は禁物だが、それでも調査結果によってはセラエノ星系は深刻な経済危機に見舞われる可能性がある。ボイドへのワープにリスクが認められるという結論になったなら、地球圏からの宇宙船の来訪頻度は減るだろう。そして宇宙船は物資だけではなく、経済情報も運んでくるからだ。

調査結果がこうしたネガティブなものであった場合、それは今年の首相選挙にも影響を及ぼすのは間違いない。

「ハンナ、大至急、科学調査チームを編成して。とりあえずラゴス大学には拘《こだわ》らない。天文学やワープ機関の博士号を持っているような人材を五、六人リストアップして。青鳳が本当に調査活動を行うなら、こちらからも調査チームを出す」

「情報は、青鳳と政府との共有ですね」

アーシマがハンナを重用するのはこうした点だ。彼女はすべてを心得ている。情報を政府と共有するというのは、アクラ市長は政府からしか情報が入らないことを意味する。

後継者として哲が適任という確信はアーシマにもまだなかったが、ザリフを首相にさせないという点では迷いはなかった。

こうしてミーティングの朝食を終え、ハンナたちは早速、調査チームの人選にかかった。

その間は、第二政策秘書の原翔《はらしょう》が通常業務のマネジメントに努める。第一政策秘書と第二政策秘書は序列ではなく担当分野の違いであり、それぞれに独自のスタッフを抱えている。

首相の仕事は二つしかないと、アーシマは考えていた。社会理念に基づいた戦略立案が一つ。理念と戦略方針が明確なら、それらの具体化はスタッフと官僚層が行なってくれる。それが政府組織というものだ。

首相のもう一つの仕事とは意思決定だ。自身の責任において、首相の権限を行使することを決定する。意思決定は世間が思うほど簡単ではない。

スタッフが有能なら、戦略を具体化した政策案を複数提案するのが常だ。それらはどれも相反する条件を持つ。経済的に有利だが技術的に難しい、あるいは経済的にも技術的にも容易だが社会文化的に難がある、など様々だ。

そうした選択肢の中から最善と思われる政策を決定するのは、簡単なことではない。しかも、アーシマが却下した選択肢も公文書として残される。

だから自身の選択は、常に後世の批判と検証に晒《さら》される可能性がある。セラエノ星系でのアーシマ首相の権限は大きかったが、その権力には相応の責任、現在だけでなく後世への歴史的責任も伴うのだ。

彼女がザリフの首相就任を阻止しようと思うのは、あの男が首相の責任というものを理解しているとは思えないためだ。メディアへの露出時間のほうが執務時間より長いあの男は、なるほどパフォーマンスに人気はある。しかし、それと市長としての力量や責任とは別の話だ。

エージェントが一〇〇〇の時刻を告げた時、原の表情が変わる。インプラントされている情報端末に着信があったらしい。彼はすぐにアーシマの視界の中に、その情報を転送した。

政府首班の端末にいきなり情報を転送するというのは、限られた人間にしか許されておらず、それにしても了解を取るのが普通だ。それを省略するというのは緊急性が高いことを意味する。

そしてアーシマは、第二秘書がそう判断した理由を知る。

「青鳳が五天文単位分も距離と時間がずれたワープアウトをしたですって……」

五天文単位といえば約七億五〇〇〇万キロになる。いままではワープアウト誤差といっても最大でも二〇〇万キロ未満だったものが、急に三五〇倍以上も拡大するとは、どういうことなのか？

「我々の時間で説明すると、青鳳のワープアウトは〇八三〇の予定だったものが、実際には〇九一〇前後にずれていた。そこから青鳳は状況報告の第一報を入れ、それを宇宙港が受けて、ハンナ経由でこちらに情報がきたという流れです。事象から報告まで一時間以内というのは、迅速な報告と言えるでしょう」

「迅速ということは、青鳳側は、事故の情報を秘匿する意図はないということ？」

「ハンナによれば、情報を隠さず即時に知らせた点で、青鳳側はこちらとの密接な協力の必要性を感じているだろうとのことです。それとハンナから、科学チームの人選を終えたそうです」

原は簡潔に告げる。そして科学チームの人選リストをアーシマに提示した。

ラゴス工科大学とセラエノ大学から専門家が一名ずつ。政府研究機関より一名、物流業界から一名、さらに工作艦明石工作部長。これら五人がリストに挙げられていた。

それぞれに略歴があり、教育機関は異なるが五人とも地球の大学かそれに準じる機関で学び、そこで博士号を取得していた。

大学教授クラスはまだしも、民間人でさえ、セラエノ星系ではなく地球で教育を受けねばならない。この一事をもってしても、自分たちが解決すべき課題は多い。アーシマはその事実をリストから再確認させられた。

しかし、それから一時間ほどの間に、大量の情報が入ってきた。アーシマはハンナと原、さらに官房長官のシェイク・ナハトを執務室に集め、一五分だけ善後策を検討した。時間を区切り、会議の密度を高めるのがアーシマの流儀だ。

「いままでの情報を整理するとこうです。偵察戦艦青鳳は〇八三〇に、輸送艦津軽は〇九〇〇に、それぞれ惑星レアの軌道上にワープアウトする予定でした。しかし、安全管理手順に従った運航にもかかわらず、青鳳は五天文単位、津軽は六天文単位ずれた場所にワープアウトしてしまった。

ここで重要なのは、時間です。惑星レアの時刻で計測すると、青鳳は五天文単位遠くなので、〇九一〇にワープアウトした。本来なら津軽も六天文単位遠くなら、〇九四八前後にワープアウトするはずです。

ところが津軽は、青鳳と同じ〇九一〇にワープアウトしている。このようにワープ距離とワープ時間が一致しない事例は、ワープ航法が実用化されて二世紀の歴史の中で初めてです。ワープ航法は見かけ上は光速を超えない。確かに帰還時は過去に戻るように見えますが、それにしても一〇光年先へ移動するのに一〇年の時間が経過している。宇宙船の乗員だけは時間を感じないとしても。ですが津軽は、わずかではありますが、距離と時間に齟齬がある。

そしてこれと関係あるのか、津軽のワープ主機の二次誘導コイルが焼き切れました。これは救援に当たった工作艦明石が回収しました」

説明を受け、アーシマは決断した。

「官房長官、明石に連絡して。まず首相権限で、津軽の二次誘導コイルを政府が定価で買い取ること。所有権はセラエノ政府となる。これは最優先で。

ついで、工作艦明石はセラエノ政府と傭船契約を結ぶ。これは明石が工作艦を名乗るために交わした契約に則《のっと》ったもの。

最後、傭船契約に伴い、工作部長の狼群妖虎を政府職員として雇用したい。あくまでも強制ではなく任意であるが、政府としては応じてくれることを望む。雇用に応じる意思があるならば、条件について交渉の用意がある。以上」

「つまり青鳳に先んじて、物証と証人を押さえておくということですか」

官房長官のシェイクは、アーシマの命令をそうまとめる。

「官房費に収めたいんですけど、いま調べたら、二次誘導コイルの定価って五〇〇万クピットもするんですか。傭船契約のことも考えると、ちょっと厳しいかな」

「とりあえず五〇万クピットで廃品回収してやる、って吹っかけてみては？」

ハンナの提案にシェイクは目を丸くする。

「それはちょっとどうでしょう。ワープ航法の原理を解明できるかもしれない貴重な物証なのは、先方もわかってるでしょう。まぁ、でも税金を無駄にしない観点でやってみますか、そうねぇ、三〇〇万クピットが落とし所かな」

「とりあえず予算のことは考えなくていい、官房長官。何よりもまず物証を確保することだ。我々は青鳳つまりは地球圏政府と対等な立場で調査に赴く。それさえ明確にできるなら、高すぎることはない」

「わかりました」

シェイクは、すぐに自分のスタッフに指示を出すとともに、各閣僚に対して、集合時間の前倒しを告げる。事態にどう対応するか、閣内の意思統一を図るためだ。

「適当なタイミングでザリフにも状況は説明して」

シェイクは怪訝《けげん》な表情を見せた。

「ザリフにも情報を流すんですか？」

「現段階ではセラエノ星系として一枚岩であることを示しておきたい。ラゴスとアクラと政府間に意見の相違があれば、地球圏政府はそこから分断を図ってくるかもしれない」

「そこまでしますかね、首相」

「たぶんしないでしょう。ただ、そうした場合にも備えるに越したことはない。

忘れないで、ワープ航法が正常にできなくなれば、それだけで惑星レアの文明は維持できないってことを」

セラエノ星系で人類が生存しているのは惑星レアのみであった。ほぼ地球と双子のような惑星だったが、月が存在しないために潮汐はなく、G型恒星セラエノを公転するなかで、季節的な潮位変化が若干見られる程度であった。これはレアが地軸の傾きを持って楕円軌道を公転しているためで、セラエノとレアの距離の変動に起因する。

それでも海岸や島嶼《とうしょ》帯の地形によっては、季節的な潮位変化が大きな場所もあり、そうした土地では潮位変化と生殖周期が連動している海洋生物も多かった。

大陸部もこうした潮位の季節的変化とは無関係ではなかった。セラエノから受け取る輻射熱量に連動した海水温の変化から、季節風とそれが引き起こす気象変動が陸上の生態系に大きく影響していた。

ようするに惑星レアの生態系には日月単位の周期性はなく、年単位の緩やかなものだけだった。しかし、それだけでもレアで生活する人類にとっては、その惑星環境はやはり異質だった。惑星の生態系の変動が公転周期に依存するため、蓄積されたエネルギーが一気に解放される傾向があったためだ。

特に秋から冬、冬から春の気象変化による土砂崩れや河川の氾濫《はんらん》が珍しくなかった。ただこの氾濫が、大陸の広範囲に水と栄養を拡散させ、陸上生態系の再生産に寄与するばかりでなく、大陸の栄養分が氾濫した河川の水流として近海に運ばれることで、海洋生態系の健康をも維持していた。

こうした事情から、惑星レアで人類が都市を築いているのは、最大の大陸であるユトレヒト大陸の赤道部周辺のみだった。河川の氾濫を伴う季節変動は、中緯度地域が最も活発で、赤道周辺の低緯度地域は気候が安定していたためだ。

人類居住地として最大都市で首都でもあるラゴスは、ユトレヒト大陸の東端部にあるラゴス湾に面していた。北のヨーク半島と南のノース半島（ここでのノースは方位ではなく調査団長の名前に由来する）に囲まれた巨大な湾である。

ほぼ完全な円形の湾であり、地質調査によると、太古に隕石の落下でこの地形が形成されたと言われる。

総人口一五〇万人のセラエノ星系において、首都ラゴスには一〇〇万人が居住していた。将来の内陸部開発の拠点となることを意図して、ラゴスより西に一〇〇キロの地点には、第二都市のアクラがあった。人口は三〇万人で、この二つの都市で、セラエノ星系の総人口の八六パーセントを数えた。

アクラから南に二〇〇キロ降りた海岸地帯には第三都市のマキナがあったが、人口は一万から二万に過ぎない。ここも将来的に海洋開発の拠点とする目的で建設されていたが、現時点では産業の中心は漁業であった。

これ以外の人間は、ラゴスとアクラの周辺地域に点在していたが、都市というより集落、もしくは基地レベルのものでしかない。

最初の入植から数えて、セラエノ星系も一〇〇年近い歴史を重ねているが、開発の歩みはゆっくりとしたものだった。最大の理由は、人類が生存可能な惑星を多数発見したために、どの惑星も慢性的に人手不足の傾向にあったことだ。

人類総体としては出生率も上がってはいたが、人口が増加傾向なのは、インフラも整備され、社会格差の小さな惑星だけだった。開発途上でインフラも未整備の惑星とか、社会格差や差別が大きな惑星では、人口は横ばいか微増に過ぎず、減少する惑星さえあった。

この点ではセラエノ星系は人口のほとんどが都市部に居住していることで、快適な住環境は保証されていた。一つの惑星資源に対して人口は過小であることから、経済的にも恵まれており、社会格差が顕在化するほどの歴史もないため、人口は長らく緩慢な増加傾向にあった。

ただ都市部のインフラの整備に伴う住環境の向上により、この一〇〇年ほどは、出生率上昇や移民の増大に伴う人口の急増のために惑星レアの市民の中にも、さまざまな変革を要求する声が強まりつつあった。一番の問題はラゴスとアクラの格差の問題であり、それはアクラ市民のセラエノ政府への参政権問題とも関わっていた。

モフセン・ザリフが首相候補となるのも、単純に彼個人の政治的野心だけでなく、惑星レアの政治が首都ラゴスのことだけを考えていればいい時代が終わったことの結果と、アーシマは認識していた。

その意味でアーシマには、ザリフの首相就任を妨害することが、果たして正しいのかという疑念はあった。一つには、亡き夫のカールが「ザリフはあれで真面目な人間だ」と評していたことだ。初等教育時代には、ザリフは後輩だったという。

アーシマが知っているのはアクラ市長のザリフでしかない。彼は首相の器ではないと思っている彼女も、カールの言葉は無視できない。

「あなたは優しい人だから」

そう心の中で唱えても、疑念は消えはしなかった。なのでこう考える、自分が正しくてザリフが首相にならなくても、カールが正しくてザリフが首相になったとしても、世の中は悪くはならないと。


新暦一九九年九月一〇日一六二〇・セラエノ宇宙港

予定時間を大幅に超過して、輸送艦津軽がセラエノ宇宙港へのアプローチ軌道にワープアウトしたのは一六一八だった。修理を終えてワープしたのが、六天文単位もずれた座標で時間は一五三〇のことだったが、距離相応にワープアウト時間は進んでいた。乗員には瞬時でも、外から観測する限り、津軽は光速を超えてはいない。

工作艦明石はその五分後にワープアウトし、津軽の航路をなぞるように宇宙港に向かっている。

「機関長、ワープ主機の状況は？」

狼群涼狐の視界に、機関長のニジェル・サルダナの姿が現れる。

「エネルギー消費量が、通常より五パーセントほど増えています。しかし、それ以外には特に問題はありません。

これは私見ですけど、何かの理由でボイド内でのワープはエネルギー消費が増大するようになり、恒星間のワープで消費された多大なエネルギーが二次誘導コイルを焼き切ったのではないでしょうか？」

「だとしたら、地球からのワープは無理でも、セラエノ星系から近い星系を経由すれば、手間はかかるけど宇宙船のやりとりは可能ということになるわよね」

「まぁ、これだけの情報で、そう結論するのは早計とは思いますけど」

ニジェルは自分の仮説をそれほど信じているようではなかった。彼女はそうした点では慎重な人間だ。

ニジェルは、工作艦明石として再生される前の輸送艦石狩では、機関部のナンバーツーである掌機関長だった。

有明と石狩の衝突原因は、ニジェルの上官だった機関長の怠慢と驕《おご》りによるもので、核融合炉の暴走が主因だ。この暴走を掌機関長だった彼女が決死の覚悟で停止したため、輸送艦の大気圏内墜落という最悪の事態は避けられたのだ。

その後の紆余曲折の後、工作艦明石はニジェルを機関長として迎えることができた。ただ、あの事故以降、彼女の機関の操作には人一倍慎重さが窺えた。二隻の宇宙船を結合するという無茶な工事にもかかわらず、明石が無事故で運用されているのも、彼女のその慎重さによるところも大きい。

輸送艦津軽の修理が終わる前に、涼狐も偵察戦艦青鳳の事故について報告を受けていた。正直、修理したといっても津軽をワープさせていいのか不安な部分があったが、青鳳の情報から、星系内のワープでは問題は起こらないようだった。

それでも安全を考慮して、ワープ位置も時間も津軽と明石はずらしていた。そしてワープは無事に成功した。

「艦長、政府から連絡が届いてます」

「ナビコ、政府ってどこ？　貿易局？　治安局？」

「内閣です」

「内閣……ナビコ、本当？」

「ナビコは嘘を申しません」

明石のエージェント機能を司《つかさど》るAIナビコが涼狐に報告する。じつは有明と石狩の船体を結合するとき、艦内システムもそのまま使えるユニットは再利用し、AIシステムに組み込んで再生していた。理論的にはそれで問題ないはずだが、人間には認知不能のAI特有の機能障害を持ったようで、明石のAIは新しい名前をつけても、それを覚えてくれなかった。

有明時代の名前、石狩時代の名前で呼んでも反応せず、独自の名前をつけてもダメだった。

そのまま放置していたのだが、ある日突然、ナビコという呼び方だと反応するようになった。とはいえ、名前という自覚はないらしい。しかし、これ以外はAIとしてすべての機能が正常なので、そのまま放置していた。

涼狐は暗号化された通信をナビコに解読させる。とりあえずは自分だけが読む。

「はい、幹部のみなさん、ちょっと聞いて。いまセラエノ政府の名前で命令が届きました。

順番に説明します」

ブリッジにいる幹部といえば、経理部長の沙粧くらいで、機関長や工作部長は艦内のそれぞれの配置についている。なので会議は仮想空間上で行われる。視界の中に会議の場が作られる。

幹部たちが会議に参加できる状況なのを確認して、涼狐は話を続ける。

「まず、思惑通り政府は、焼き付いた二次誘導コイルの研究資材としての購入を申し入れてきました。提示額は二五〇万クピット。ですけど、狼群商会社長としては、輸送費と技術料のみの五〇万クピットで売却しようと思います。

そもそも廃品なんで、買い手がついたら儲けものくらいのものです。五〇万クピットでも利益になりますし、ここは政府に貸しを作るべきとの判断からです」

五〇万クピットという売値に異議を唱えるものはいなかった。

「はい、では売却額については五〇万クピットで決着。

次の案件。これは基本的に我々に選択権はない。政府の要請により工作艦明石は本日付でセラエノ政府に徴傭され、政府の命令で動く。

これは有明と石狩から明石を建造した時に、明石に船籍を与える条件として、政府の判断で徴傭可能という項目があったからね。まさかここで徴傭されるとは思わなかったけど、どうも青鳳と津軽の件に、政府は神経を尖らせているようね」

この件にも異議を唱える者はいなかった。有事に徴傭されるというのは幹部たちも知っている。むしろこの条件があるから、税制面で恩恵を受けてきたのだ。いまさら嫌とは言えない。

「そして三つ目。これが最後で、これだけは要求であって命令ではないのだけど、妖虎さん、政府のワープ航法調査チームの一員にならないかとの打診が来てる」

それにはさすがに幹部たちもざわついた。

「お姉ちゃん、その政府の調査チームって何よ？」

「それはわからない。ただ、政府はまず調査チームを用意して、その上で青鳳に何かねじ込むつもりみたい。ワープ関連で博士号取得者が必要ってことで、妖虎さんに話が来たのね」

政府に雇用される話よりも、姉に「妖虎さん」などと呼ばれたことを、工作部長は露骨に警戒していた。

「姉ちゃんに妖虎さんなんて呼ばれる時って、危険な仕事か、ヤバイ仕事か、危険でヤバイ仕事かしかないじゃない。政府の仕事って、大丈夫なの、その辺は？」

「急遽、人材を集めなければならないからには、あなたを危険に遭わせたりはしないはず。

それに多分、調査活動には明石も同行すると思う。徴傭するというのは、そういう含みでしょう」

「青鳳には乗れるの？」

「政府の調査チームだから、青鳳が拒否しない限り乗艦は認められるはずよ。逆に言えば青鳳も、政府の調査団を積極的に受け入れるとしたら、政府との協力関係を密にしなければならないと考えていることになる。

来週には笑い話で終わってるかもしれないけど、現時点ではワープアウトの時間と空間のズレが拡大していることに、青鳳も危機感を抱いているということね。ともかく前例がないんだから。津軽が本当に光速を超えたのかどうかだって確認しなければならないしね」

涼狐は、そうして自身のワープ航法に関する知識を思い返す。

現在のワープ航法は、宇宙船の移動に用いられているが、実態はタイムマシンであるとはよく言われる。ただしタイムマシンとしてワープ宇宙船を考えた時、それは不完全なものであった。

タイムマシンとは現在から過去にも未来にも自由に移動できる架空の装置をいう。しかし、ワープ宇宙船は現在と未来の間を移動するだけで、過去に行くことはできない。

もちろん誰もワープ航法をタイムマシンとしては使っていない。なぜならそこには移動という機能があるからだ。ワープ航法が用いられるのは、いうまでもなく宇宙空間での移動のためだ。そしてワープ航法では、未来への移動時間と距離は比例していた。

どういうことかといえば、たとえば一〇光年先の惑星に移動する場合、船内時間では一瞬であるが、惑星に到着した時、地球時間では一〇年後だ。これは二〇光年先では二〇年後、三〇光年先では三〇年後に到着となる。このためワープと同時に地球から目的地に電波通信を送った場合、到着と同時にその信号を受信することになる。

問題は一〇光年先の惑星から地球に帰還した場合だ。ワープすれば船内時間では一瞬で地球に帰還するが、地球への到着時間は、出発した時に惑星での滞在時間を加えたものとなる。

例えば深夜〇時に一〇光年先にワープすれば、現地に到着するのは一〇年後の〇時。その惑星で半日過ごして一二時に帰還すると、惑星から見て時間を一〇年遡って、地球へは一二時に帰還することになる。決して出発の瞬間より前に帰還することもないばかりか、惑星を出発した一二時より前に到着することもない。

つまり「現在の地球」と「一〇光年離れた一〇年後の惑星」という、同じ時間が流れる二つの世界を瞬時に移動するのがワープ航法なのである。この特性のために、ワープ航法の因果律が破られることはなく、実験も何度も行われてきたが、因果律が破れたという観測結果はない。

星系間の移動手段として、ワープ航法のこうした特性は多くの人類にとって理想的といえた。ただ、科学者たちにとっては、ワープ以外の物理現象を合理的に説明できる相対性理論との矛盾に直面していた。それでもワープ工学では便宜的に絶対座標を想定すると諸々のことがスマートに処理できるため、ワープに関しては絶対座標が存在するという、科学的に気持ちの悪い状況が二世紀近くも続いているのであった。

そもそも、どうしてワープ航法が可能であるかの原理がわかっていない状況では、因果律の議論には限界があった。そして人類は理学的な未解明分野を残しながらも、工学的にはワープ宇宙船は飛んでいるので、それを活用し、経済の拡大に邁進していた。

極端な言い方をすれば、人類の圧倒的多数にとっては、株価が上がるなら、熱力学の第二法則やら相対性理論程度は容易に無視できるのである。それが今日の人類社会であった。

「そうなると、我々にも出番がありますかね」

そう発言したのは工作部「な組」の椎名だった。視界に映る彼女の様子から、ギラン・ビーの点検を指揮しているらしい。

「船外作業が必要になるかということ？　ギラン・ビーはワープできないでしょ」

涼狐の指摘に、椎名は意外なことを言う。

「いえ、ワープ探査機です。ボイドのワープ環境に問題があるとなれば、探査機を飛ばすんじゃありませんか？　じっさいボイドの本格的な調査はほぼ未着手ですし」

「まぁ、偵察戦艦と言うくらいだから、何かしらは積んでるはずだけど」

「探査機による調査活動なら、我々にも出番はあると思うんです」

椎名は自分の意見に自信があるようだった。


実用化を迎えているとはいえ、ワープに関しては解決できていない問題もいくつかあった。特に重要なのは航路開拓に法則性が見出せないことだった。つまり新規航路の開拓は行き当たりばったりだ。

どうしてワープが可能か基本原理が不明のため、ワープ宇宙船は航法に必要なパラメーターを色々設定し、戻ってきた宇宙船のデータから、使い物になるパラメーターの組み合わせを発見して航路を決めていた。

すでにワープ航法が太陽系内に止《とど》まっていた時代から、パラメーターの僅かな違いが、ワープアウト地点の大きな違いになることが知られていた。それでもこの段階では、宇宙船が太陽系内から逸脱するようなことはなかった。

だが技術の進歩に伴い恒星間航行が実現した段階で、無人のワープ宇宙船を用意して、パラメーターを変化させ、植民する価値のある惑星への航路を開拓することが行われた。しかし、航路開拓に送り出した無人宇宙船の三割が未帰還に終わっていた。どうして帰還できないのか、その原因さえ宇宙船の回収ができないためにわかっていない。

現状わかっているのは、エネルギー投入量がある一線を超えたなら恒星間航行が可能になるというレベルだ。しかもエネルギー量とワープ距離の関係も必ずしも明確ではなかった。

ただ、無人でも高額なワープ宇宙船が三割も無駄になるという非効率な方法しか航路開拓の手段がないために、入植可能な惑星数が五〇を数えたあたりから、新規の航路開拓はほぼ行われていない。安全確実な航路帯に投資するほうが経済効率が高いためだ。結果として無人のワープ宇宙船も多くが解体され、他の用途に転用されていたのであった。

実を言えば、初期の入植惑星であるカプタインbなど片手で数えられるほどの星系を除けば、人類の入植地は地球から見てどこにあるのかわかっていない。ワープアウトした星系が遠ければ遠いほど、地球から見て未来の星座であり、位置関係の特定が困難になるからだ。

だから辺境と呼ばれている星系群も、それは植民惑星として歴史が新しいからそう呼ばれているに過ぎず、歴史のある星系よりも実は太陽系に近い可能性は少なからずあった。ただ距離のせいか、時間的隔たりのせいか、ある植民星系が他の植民星系の電波信号を傍受した例は、太陽系から半径一五光年以内の植民星系を除けば報告されていない。

それでもセラエノ星系だけは、真の辺境と考えられていた。五光年先のアイレム星系を除けば、半径三〇光年以内で一つの星系も存在しないような孤立した領域は、いまだに地球はもとより他の星系からも発見されていないためだ。

もっとも植民星系のほとんどは、惑星のインフラ建設や経済発展を最優先させている関係で、精度の高い天体観測を組織的に行なっているところはほぼ無かった。だから言われているほど辺境ではない可能性も残されてはいた。

「いま確認したけど、津軽の積荷の中には無人探査機は含まれていない。セラエノ星系にそんなものはないし、青鳳が搭載しているかどうか、それが鍵ね。しかし、我々の船外作業が必要とは思えないけど」

涼狐は思う。偵察戦艦青鳳に無人探査機が搭載されている可能性は高いが、明石の支援がなくても自前で飛ばせるのは間違いないだろう。だからこその戦艦だ。

「我々が製造すればどうです？　恒星間ワープ無人探査機は無理でも、数天文単位のレベルで星系内を飛行する探査機なら製造できませんか？」

涼狐は椎名の言いたいことがやっとわかった。短距離用の探査機を製造し、それを恒星間の距離は明石で輸送し、そこから周辺空間の精査を探査機で行うというのだ。

セラエノ政府が明石を徴傭するにあたってどのような思惑があるのか、まだ説明はない。ただ明石の側にこうした計画と準備があることを伝えるのは、悪いことではないだろう。

単純に自分たちのビジネスの問題ではない。ボイドに地球から宇宙船の航行が可能かどうかは、セラエノ星系全体の命運を左右しかねない。これは自分たちの問題だ。

人口一五〇万人の小さな社会ではあるが、惑星レアにはまだまだ可能性がある。辺境に位置するとはいえ、レアほど恵まれた惑星は、人類の版図の中でもそれほど多くはないのだ。

椎名は続ける。

「な組からの提案としては、ギラン・ビーをベースにしたワープ探査艇。駆逐艦搭載のワープ機関は基本モジュールを八個クラスター化してるけど、基本モジュール一個ならギラン・ビーに載るんだよ。

知っての通りギラン・ビーは量産品で、セラエノ星系で数少ない輸出品だから、手持ち資材で、そうね、三日あれば二機は仕上げられるね」

青鳳のような戦艦や軽巡洋艦は星系間のワープ能力を持つが、それらの船体はクレスタ級輸送艦を転用したものだった。それに対して星系内のワープ能力しかない武装宇宙船は駆逐艦に分類されていた。星系間をワープする大型商船はクレスタ級だけが量産されているため、軍艦のバリエーションはほとんどなかった。

対して星系内だけをワープできる駆逐艦については、救難や警察行動など任務が多様なため、複数の種類があった。セラエノ星系には三隻の駆逐艦があるが、それらは一番小型で安価なバックレー級で、コスト削減のために小型ワープ主機を束ねる点に特徴があった。椎名はこの駆逐艦の主機を転用しようと考えたのだ。

ワープ探査艇のベースにしようとしている作業艇ギラン・ビーは、セラエノ星系が他星系に輸出している数少ない工業製品だった。

「宇宙飯場」の異名を持つギラン・ビーは、セラエノ星系のような工業基盤の貧弱な星系でも維持管理されていることからもわかるように、使いやすく信頼性の高い宇宙機だった。

さらに開発元の狼群商会も、他星系全体の需要を賄《まかな》えるだけの供給能力が自分たちにないことは最初からわかっていたため、ギラン・ビーの技術情報を無償で公開していた。ギラン・ビーという名称と、現設計を守るという条件にさえ従えばライセンスは無料というわけだ。

これにより工業基盤の弱い星系を中心に、地球でさえギラン・ビーは作業艇として活用されていた。それでもオリジナルのギラン・ビーを求めるユーザーもそれなりにいて、そうした顧客用にセラエノ星系製作のギラン・ビーは輸出されていたのである。それだけに明石工作部はギラン・ビーの改良には自信があったわけである。

「三日で一機だけ完璧なのを仕上げて。ワープ航法がどうなるかわからない状況だから、宇宙機だけは信頼性の高いのが欲しい。それにこの一機が使えないなら、二機作っても無駄よ」

「社長、それは機能より信頼性重視ってことね」

椎名の言葉に涼狐は、同意を示す。

「ともかく信頼性優先で」

「あいよ、承知した」

そうして幹部たちの視界から椎名の姿は消え、代わりに組の代表として河瀬が現れる。

椎名はすぐにギラン・ビーの改造にかかっているのだろう。

涼狐はそこで、妖虎が先ほどから何か考え込んでいることに気がついた。

「工作部長、どうかしたの？」

「いや、ちょっとね。クレスタ級輸送艦は、乗せられるだけ乗せても一万人くらいしか一度に運べない。仮にボイドに何かあったとして、セラエノ星系の人間を全員脱出させるためには、延数で一五〇回隻の輸送艦が必要になる。

でも、軌道エレベータのない惑星レアから一五〇万人移動させようとしたら、シャトルがネックになる。現状では、限界まで運用しても軌道上に運べる人間は二四時間で一万人が限度。クレスタ級輸送艦より、最初の一マイルである地上から宇宙までの能力が最大のネックになる」

「最悪の場合、地球からシャトルを輸送すれば?」

涼狐はそう言ったが、妖虎はすぐに問題を指摘する。

「そのシャトル群を収容できるだけの設備が惑星レアの宇宙港にはない。シャトルに限界まで人間を乗せるなら、軌道上待機にも限度がある。

まぁ、宇宙港の生命維持システムを拡張し、臨時に発着ゲートを増設すれば、何とか対応できなくはない。でも、我々の手持ちの資材でやってのけるとして、最短で二週間かかる」

「二週間で脱出できるなら上等じゃない。そもそもワープができなくなると決まったわけじゃなし。現状は何か異変が起きているレベルの話よ。

しかし、その様子じゃ、まだ懸念があるわけ？」

姉だけあって涼狐には、それがわかった。

「あくまでも最悪の事態を想定しての話だけど。

これは矛盾してるかもしれないけど、短期間の脱出成功そのものがリスクなのよ。一五〇万人の人間を受け入れられる惑星がどこにあるっての？

地球は、植民に失敗した惑星の人間は受け入れないと一世紀も前から宣言している。未だに難民問題があるっていうものね。

じゃぁ、他の星系はどうか？　ほとんどの植民惑星は人口が数百万規模なのよ。そこにいきなり一五〇万人を移住できないでしょ。ほとんど無一文で移住する形になるのよ。複数の星系に散らばるとしても、それぞれの惑星で社会問題となりかねない」

「そんな話をするからには、何か代替案があるわけ？」

涼狐はそう尋ねてみたものの、ここまで妖虎が指摘した問題について、容易に代替案が見つかるとは思えなかった。

「要するに、ワープができなくなったらどうするか？　って最悪の事態が前提なのよ。その中で脱出作戦以外のプランBを考えるなら、セラエノ星系での籠城ね。

ワープ航法ができないのはいつまでなのか、それはわからない。一日かもしれないし一

○年、一〇〇年かもしれない。
でも、人間が生きてゆくということを考えるなら、ここには豊かな資源がある。仮に一〇〇年孤立しても、一五〇万市民は豊かな生活を維持しながら生きて行ける。

そもそも他星系との交流がなければ生活できない人間はセラエノ星系には少ないなら、籠城という選択肢は否定すべきではないと思う」

妖虎の意見に、幹部たちはざわついた。多くは、彼女の意見に好意的に見えた。だが、ニジェル機関長の言葉が、そんな幹部たちを黙らせる。

「私たち、地球圏からの支援なしで、いまの文明生活を維持できるんでしょうか？」

3　西園寺艦長の受難

新暦一九九年九月一二日・惑星レア宇宙港

「あれが有名な工作艦明石なのか」

偵察戦艦青鳳の夏クバン艦長は、ブリッジのメインスクリーンに映された宇宙船の姿を興味深く見ていた。ほんの数分前に輸送艦津軽は地球へと帰還した。安全距離をとってのワープであるため、スクリーンに映った津軽の姿は金属製の棒のようにしか見えなかった。

津軽がワープすると、その姿は宇宙空間から消えた。発光も何もなく、ただ消えるだけだ。

青鳳はすでに軌道上にある宇宙港に接舷していたが、辺境の宇宙港だけに、大型宇宙船は青鳳しか見当たらない。あとは内航船であるヒッパー級輸送船が二隻ほど離れた場所に接舷している程度だ。

惑星レアの宇宙港は、差し渡し二キロの井形に組んだ梁《はり》を基本構造とする殺風景なものである。開発の進んだ惑星なら、大小様々なモジュールが連結され、一つの都市のようになっているものだ。

しかし惑星レアの宇宙港は、人と物を移動させるための最小限の設備しかない。食事でさえ調理人のいるレストランなどなく、規格品のレーションを温めて食べる食堂が二つ三つあるだけだ。

そんな宇宙港の中で、工作艦明石の姿はまずその大きさで存在感を示していた。

人類の恒星間航行が可能な大型ワープ宇宙船は、大なり小なりクレスタ級輸送艦を改造したものだ。それは戦闘艦も例外ではない。ことさらに半球状のレーザー砲塔などを露出させているのも、商船と識別しやすくするためだった。

それはクレスタ級がワープ宇宙船として、人類の現在の技術水準ではもっとも信頼性が高く、建造コストが低いためだ。だから半世紀以上もモデルチェンジがない。

これより高性能の宇宙船を建造することは可能だが、限られたパラメーターのワープ航路を活用するだけの状況では、通常空間の速度性能を少しばかり向上させるメリットはなかった。

そうしたことを前提にすると、大破した二隻のクレスタ級宇宙船を切断して一隻に結合したという工作艦明石は、存在そのものが奇跡に近い。ワープ航路のパラメーターは宇宙船の質量や投入エネルギーに影響されるので、ここまで大規模な改造を行うのは、不可能ではないものの細心の計算が不可欠だった。

夏艦長も明石のデータは持っていたが、その設計はなかなかよく計算されていた。二隻を結合し、容積は三割ほど大きくなったが、船舶修理のための格納庫並みの容積を持つ工房を内部に設置することで、その難しいバランスを調整していた。質量の増大を最小限度に抑えるとともに、工房用の電力供給能力を拡張したことで、質量・エネルギー比を原設計のクレスタ級の水準と同等レベルで維持していたのだ。

それでも宇宙軍の工廠《こうしょう》ならまだ話もわからなくはないが、セラエノ星系は六〇前後ある植民星系の中でも開発が遅れているグループだ。自給自足段階にあるとはいえ、ここまで高度な工事ができるとは思ってもみなかった。

じっさい首都で行われた歓迎会も、それほど印象に残るものではなかった。よくできたレセプションでスタッフの水準も高かったが、それだけだ。ごく普通のレセプションであり、可もなく不可もない。

ただ、人材に関しては侮《あなど》れないという印象を夏艦長は抱いている。たとえば現政府首班のアーシマ・ジャライ首相がそうだ。彼女は、ワープ航法によるニアミスで二次誘導コイルが破壊された輸送艦津軽を工作艦明石により修理させ、焼き付いた損傷モジュールをすでに購入していた。

つまり青鳳と津軽のワープにおけるニアミス事故の重要な物証を、セラエノ政府は資産として保有している。機関部の致命的な故障に冷静さを失っていた西園寺艦長を、ことさら非難するつもりは夏艦長にもなかったし、ワープアウト問題でそこまでの配慮ができなかった点では自分も同じだ。

それだけに、状況を俯瞰して必要な手を打ったアーシマ首相の采配の見事さが際立った。何よりも破損した二次誘導コイルの調査を青鳳が行うにあたり、セラエノ政府はこれを無償で提供するという。

むろん交換条件として調査チームにはセラエノ星系の政府調査団五名が参加するが、それはむしろ青鳳側にとっても好都合だった。効果的な調査を行うには、現地政府の協力が不可欠だ。

「セラエノ政府は彼らの所有である二次誘導コイル、青鳳と津軽のニアミスについてかなり危機感を抱いている節がありますね」

熊谷船務長が夏艦長に報告する。

「セラエノ政府は地球に戻る予定の津軽に対して、自分たちで製造できない高度技術品の消耗部品を多数発注しています。工作機械そのものではなく、工作機械の消耗品などです。通常の貿易品目からは著しく発注内容が偏《かたよ》っていますし、そもそも次に発注する時期は来月であり、それをわざわざ津軽に委ねるというのは、かなり緊急性が高い」

「ワープ航法が円滑に行かなくなることを彼らは考えているということ？」

アーシマ首相は、あの青鳳と津軽の事故からそこまで予想しているというのか？　危機管理の常道は最悪の事態の想定であり、そう解釈すれば意外ではないのかもしれない。

ただそうだとしても、ここまで決断し、手配する力量は、彼女の才覚のみならず、スタッフにも恵まれているのだろう。

このことはエレンブルグ博士の報告からもわかった。

「艦長、いまセラエノ星系政府の調査団メンバーのリストを調べていたのだが、あちらには意外に人材がいるようだ」

「博士が感心するような人材が？」

「まぁ、行政職については判断できかねますが、ワープ機関の専門家の狼群妖虎は逸材で知られてましたよ。高等船員学校附属の機関学校では」

「博士の所属ですよね？」

「えぇそうですが、私は理学、彼女は工学。博士号は取得したし、周囲は機関学校に残って教える側に回ると思ってたんですけどね。学部が違うので詳しいことは私も知りませんが、家業を継ぐとかなんとかそんな話で、その時は意外に思っていたんですが、そうか明石に乗ってるのか……」

「やはり局所的絶対座標理論の専門家なんですか、その妖虎とかいう人は？」

夏艦長は軽い気持ちで尋ねたが、エレンブルグ博士はやや言い淀む。

「ワープに関しては、色々な理論がある。それは未だ決定的な理論がないことを意味する。まぁ、それは艦長なら知っていることだな。

彼女の博士論文はワープ主機の制御理論に関するものだが、ワープ理論についてはいわゆる因果律否定論と呼ばれるやつを支持している」

「因果律否定論……確か、因果律なるものは存在せず、事象の原因を因果律と認識するのは人間の認知の歪みのため。因果律が認知の歪みなら、ワープ現象にはタイムパラドックスは成立し得ない。そんなような話でしたか？」

夏艦長の言葉に、エレンブルグは同意したように首を振る。

「物理学というよりも、人間原理の一種で実際、人文系の研究者が唱え始めたものだ。その意味では、直接的にワープ工学に落とし込めるようなものではない。どちらかといえばAI研究者の中で注目されている」

「ワープ機関のエンジニアが、またどうして？」

「狼群君は制御理論で博士号を取得したが、今時の制御理論はAI抜きでは語れないだろう。そのつながりで因果律否定論を知ったということらしい。AI分野のこの理論というのは、物理学方面とは解釈がまた違うんだ。AIはワープをどう認知するかというところから始まるんだよ。

でだ、ワープを制御するAIが因果律は存在しないと認知するとだね、相対性理論と絶対座標の矛盾を回避できる。因果律がないなら諸々のパラドックスも存在しないってことでね。理学的にはともかく、工学的には便利なんだよ。そこは彼女の視野の広さってことだろうね」

夏艦長はその話を吟味する。

「運用長に適任そうね」

ワープ宇宙船の乗員は、内航船はまだしも、危険と隣り合わせと思われている恒星間航行宇宙船では常に人手不足であった。新鋭の偵察戦艦である青鳳でさえ規定の定員を満たしてはいない。

なので運用長の部署は空席で、機関長のポール・チャンが機関専門家として兼任している。運用長はダメージコントロールに責任を持つだけでなく、船外作業や補給時の実動部隊指揮官でもある。なかなか難しい部署なので、なり手が少なく、船務長や機関長が運用長を兼務する軍艦も珍しくない。狼群妖虎が運用長なら、艦の運用はかなり楽になりそうだ。

「無理だろうね、それは」

エレンブルグは即答する。

「青鳳の運用長にするなら、宇宙軍の軍籍が必要だ。高等船員学校で下級士官カリキュラムを取っていれば、そこはなんとかなるとしてだ。仮に軍籍を持っていたとしても、青鳳のような軍艦の乗員に選ばれるのは、なかなか審査が難しいからね」

「それくらいわかってますよ、博士。私はここの艦長なんですから。でも、せめて夢くらい見させてくださいよ」

「初めまして、狼群商会社長の狼群涼狐です」

「偵察戦艦青鳳艦長、夏クバンです」

二人の艦長は、工作艦明石の食堂で挨拶をかわす。応接室などという洒落《しやれ》たものは、明石にはないのである。レクリエーションルームはあるが、さすがにそこで会見をするほど狼群涼狐も非常識ではないようだ。

セラエノ星系関係の基礎データについては宇宙軍もあまり熱心に集めていないためか、夏艦長は狼群涼狐が自己紹介するまで誰かわからなかった。もっともその予感はあった。何しろデータベースにあったのは画像だけで、映像はなく、しかもどこかの海岸で水着姿で右手を上げているというもので、二〇代か下手をするとティーンエイジャーの画像と思われたからだ。

しかし、基礎データには地球年齢換算で四〇歳とある。本人は確かに画像の人物の面影がある。とはいえ曲がりなりにも公文書の画像データに、少なくとも一〇年以上前の水着姿を添付するその胆力には感心した。

「ちょっと姉ちゃん、こういう時は工作艦明石艦長の狼群涼狐中佐相当官というのよ！　公的な場なのよ、いまここは！」

そう言って割り込んできた、涼狐より若く、どことなく似ているのが工作部長の狼群妖虎なのだろう。

「えっ、そうなの。輸送艦はそんなうるさいこと言わないじゃない」

「軍艦は格が違うの。それに私たちは政府代表なの！」

「あぁ、そうですか。それでは改め……」

「なくていいです。状況はわかりましたので」

夏艦長は、狼群姉妹にそう言った。

「そちらが、セラエノ政府調査団で技術部門担当の狼群妖虎さんですか？」

「はい、輸送艦明石工作部長の狼群妖虎機関少佐であります」

そう言うと妖虎は敬礼してきた。夏艦長も記憶の底から返礼の仕方を掘り返す。高等船員学校の士官教育のカリキュラムがどんなものかは知らないが、いまどき宇宙軍でもこんな律儀に敬礼する人間はいない。

敬礼なんて原始的な組織マネジメントしかなかった時代の必要悪みたいなもので、宇宙軍でも廃れてそろそろ一世紀にはなる。

わざわざジェスチャーで相手に敬意を表示するというのは、チーム間にメンバーへのリスペクトの確信がないから必要なのであり、真に信頼関係があれば不要なのである。それがプロのチームというものだ。

「明石ではこのように皆さん敬礼を？」

狼群涼狐は申し訳なさそうに説明する。

「夏艦長、明石工作部長は伝統文化に対して独自の考えを持って実践しているだけですので、気になさらないでください。悪気はないし、敬礼なんか普段はやってません」

軍艦でもやらない敬礼を工作艦でするとは思えなかったが、夏艦長はそこは確認できてホッとする。大型宇宙船は稀ではあるが、閉鎖された人間関係からカルト的な文化に支配されることがあるからだ。明石がそんな宇宙船であったなら、彼らの調査計画は大幅に変更を強いられるところだった。

「狼群機関少佐ということですけど、珍しい階級の取得ですね？」

夏艦長は、先ほどの敬礼といい、狼群妖虎という人物に興味を感じたのだ。宇宙軍には機関少佐のように機関を冠する士官がいる。たとえば青鳳のポール・チャン機関長の階級は中佐だが、仮に機関中佐でも機関長になることはできる。そういう戦艦は何隻かある。では中佐の機関長と機関中佐の機関長で何が違うかといえば、中佐は機関科以外の乗員に対しても、必要に応じて命令を下すことができる。しかし機関中佐は、機関科以外の乗員への命令権はない。

こうした階級ができたのは、ワープ機関の専門家が絶対的に不足していた時代に、民間エンジニアを軍人として軍艦に乗せるための方便から始まったという。だから教育機構が整備されたいまでは、機関学校でも普通に少尉任官できるカリキュラムが用意されていた。逆に民間の高度技能を持ったエンジニアを高等船員学校傘下の士官学校で学ばせ、軍籍を与えることもあった。

そうした中にあって士官課程のカリキュラムを受講しなければ、機関学校卒でも機関少尉のままだ。経験を積めば妖虎のように階級を上げることもできるのだが、それでも一般的な指揮権はない。なので機関学校卒の人間でも、多くはそうしたカリキュラムを受けて少尉任官する。

「機関科士官なら、ワープ宇宙船の機関長や掌機関長以外に就くことはありません。ですが普通に少尉任官すれば宇宙軍の何をさせられるかわかりません。機関学校卒は潰しが利きますから、ずっとデスクワークを強いられる人も多いですからね。数字には強いからという理由で。

それに現状でもおわかりのとおり、機関科士官なら民間への就職でも制約が少ないですから」

「なるほど、よくわかりました」

妖虎の説明は夏艦長には理解できた。艦隊勤務を積んだ軍人の中にも、戦艦から駆逐艦に降格してもいいから、司令部勤務よりも現場で働きたがる人間は少数派だが確実にいる。要するにそうした人間と同類ということなのだろう。

形式的な挨拶などを終えてから、夏艦長は本題に入る。

「津軽の二次誘導コイルは、明石でも青鳳でも精密な分析には限界があります。ですから、セラエノ星系政府の了解が得られるならば、焼き付いた津軽の二次誘導コイルを搭載したまま、明石が地球へ移動することを青鳳艦長として提案したい」

「分析結果に関して、すべてのデータはセラエノ星系政府と共有できるのでしょうか？」

狼群涼狐は夏艦長の提案に驚くこともなく、情報共有について確認する。どうやらセラエノ星系政府もこうした提案を予測していたらしい。研究機関のレベルや研究者層の薄さを考えれば、他の選択肢はない。セラエノ星系だけで津軽から回収した二次誘導コイルの解析を行なっても持て余すだけだろう。

だからセラエノ星系政府の判断は的確なものだが、重要なのは、そうした意思決定が関係者である明石艦長までちゃんと通っていることだ。どうやら辺境の小さな星系と侮れない政府とスタッフであるようだ。

「セラエノ星系政府が宇宙軍の情報管理基準を満たしていることを条件として、全面的な情報共有を約束できます」

涼狐はすぐ、そこに含まれている問題点を指摘する。

「無条件ではないのですか？　その条件ですと、情報管理基準を満たしていないことを理由に、情報共有を拒否される可能性もあるわけですね」

「法務の解釈としては、その可能性は否定しません。ただご理解いただきたいのは、津軽と青鳳で起きた現象は、人類のワープ航法そのものへの深刻な問題を含んでいます。そもそも我々がセラエノ星系に派遣されてきたのも、ワープアウト時の誤差が他星系より大きく、しかも拡大している傾向が見られたからです。それは津軽と青鳳の事件が起こるまで、実用上は問題となる水準ではなかった。しかし、今回の件はそれほど悠長なことを言っていられない可能性を示唆しています。調査結果によっては人類社会全体に影響します。ワープ航法は六〇以上ある星系国家と地球との関係を維持する基礎インフラです。それだけ影響が大きな技術ですから、情報管理基準の遵守は無用なパニックを避けるためにも必須条件となります。その意味で、これは情報の独占を意図してはいないことをご理解いただきたい」

果たして狼群涼狐は、どういう態度を示すか？　順当に考えるならセラエノ星系政府に持ち帰って、政府判断で返答という形になるだろう。その点では、調査団派遣と明石を政府管理船舶にしたアーシマ首相の判断は的確だ。通常の外交部門の事務方協議を省いて、調査団内で二次誘導コイルの処遇について議論できるからだ。

「それに関する結論を出す前に、問題の二次誘導コイルをご覧になりませんか？」

涼狐に促されるまま、夏艦長たちは明石の工作室に向かう。工作艦の心臓部とも言える工作機械は、こんな辺境でよくここまで整備されたと思えるほど充実していた。青鳳の工作室にも無いような機械もある。

多いのが人間の手首を思わせる三次元プリンターだ。人間の指に相当する多軸アームの先端には三次元プリンターのヘッドがあり、これらが金属やプラスチックなど組成の異なる材料を立体的に組み合わせて、必要な部材を構築してゆく。

こうした標準的な三次元プリンターだけではなく、バイオテクノロジーを活用した特殊なものもあった。これは遺伝子操作された粘菌を封入した部品を製造するものだ。微細な生命維持装置込みで、封入した粘菌が情報処理装置として機械を制御するのだ。

複数の元素をプラズマ化し、粒子加速器と同じ原理で、磁場の掛け方で原子を自在に配置する三次元プリンターもあった。

一方では、歴史の教科書でしか見られないような自動制御の旋盤やフライス盤のようなものも置かれていた。錆びてはいないので、それなりに活用されているようだ。

案内された船倉に、問題の焼き付いた二次誘導コイルがあった。側面に切り欠きのある家ほどの大きさの金属シリンダーがそれだ。この中に上下二段に重ねられた巨大なコイルがあった。

頑強な金属シリンダーは、内部の巨大な磁場でコイルそのものが破断しないように支える役目も担っていると聞いていた。

「焼き付いてはおりますが、この二次誘導コイルは広い空間と然るべき強度の部材で固定する必要があります。ワープ主機の正常な二次誘導コイルと共振する可能性があるからです。通常なら起こり得ない現象ですが、この部品は焼き付いているため、制御機能が働きません。

共振が起こるのはワープ主機にとって有害であるばかりか、調査対象の現状確保の点でも問題があります。

ご覧のように明石なら十分な空間が確保できますが、青鳳に積み込むのは相応のリスクがあります。我々も星系内を一度ワープしておりますので、その影響はあるかもしれませんが、現時点では共振は確認されていません。ただ、ここから地球に戻るような大規模なワープでは不明な部分はあります」

工作部長である狼群妖虎の説明は、艦長の涼狐とはいささか話の方向性が違っているように夏艦長には思えた。どうやら青鳳側の要求を受け入れる姿勢を示しつつも、技術的な問題点を指摘することで、自分たちの要求を示そうというのだろう。それは涼狐の発言で肯定された。

「明石が地球に向かうのは問題ありませんが、焼き付いた二次誘導コイルのより完全な解析を求めるなら、地球から然るべき規模の調査団を派遣するほうが合理的ではないかと我々は考えています。この場合、セラエノ星系の空間的な特殊事情からして、情報管理基準の適用は必ずしも必要ではないように思います。機密管理はセラエノ星系の通常規則で対処できるでしょう」

セラエノ星系側の目的には夏艦長にもわからない部分はある。何の裏もなく、言葉通りに高精度のデータ解析を求めているのかもしれない。単に情報管理でフリーハンドを得たいだけかもしれない。あるいは、それらとは違った彼らなりの思惑があるとも考えられる。

「わかりました。この件に関しては、小職に与えられた外交権限の範疇を超えます。また技術面の詳細についても青鳳だけでは判断できかねる部分もあります。これがワープ航法を成立させる理論構築の突破口となりかねないなら、なおさら慎重であるべきでしょう。とりあえず、青鳳は明日には帰還準備に入ります。地球に戻り、宇宙軍司令部と協議して、必要があれば調査団ごと艦隊で戻って来ることになるかもしれません」

言ってから「調査団ごと艦隊で」は余計かとも夏艦長は思った。大規模な調査団という意味だったのだが、艦隊という言葉に、武力を背景に議論を迫ると解釈される可能性もあるからだ。じっさい宇宙軍司令部がそちらの判断をする可能性もゼロではない。

「わかりました。セラエノ星系政府首班にはそのように報告いたします」

狼群涼狐はそう言って、この件は比較的簡単にまとまった。相手ペースに乗せられている印象はあるが、夏艦長はそれは構わないと思っていた。それよりもワープ航法の謎を解明できるかもしれない貴重な資料を確保することのほうが重要だ。

その後は、首都ラゴスでのレセプションほどではないが、関係者だけの簡素な立食パーティが行われる。夏艦長は、積極的に狼群妖虎に話しかけるようにした。彼女を青鳳の運用長に引き抜けないか、そのことをまだ諦めていなかったためだ。

ただ話してわかったのは、妖虎は明石に対して独特の感情があり、それを崩すのは容易ではないということだった。

そうして青鳳の乗員は自分の艦に戻る。青鳳はワープアウトしてからはセラエノ標準時で動いていた。現地政府との交渉などを考えれば、現地時間に合わせるのが合理的だ。

明石との予備的な交渉があった翌日の九月一三日、夏艦長は〇八〇〇を起床時間としていた。それまでは当直士官が艦長職を代行する。そして彼女は当直士官より〇六〇〇に起こされる。この時の当直は兵器長の梅木だった。

「二時間も早いのは何故? 緊急事態でも?」

網膜ではなく寝室の壁に映った梅木は複雑な表情で報告する。

「輸送艦津軽が戻りました」

「早いわね」

そう口にしながら、夏艦長は着替え始める。当直士官が艦長を起こすのはよほどの事態だ。とはいえ津軽が戻ってきたことの何が問題か？　強いていえば一日も経過していないのに戻るのは早すぎる。ただ宇宙軍の緊急連絡を携《たずさ》えているようなことは十分あり得る。

「早い以前の問題です。津軽は地球ではなく、アイレム星系に行ったと言っています」

「アイレム星系……あぁ、隣の星系ね。ボイドに存在するただ二つの星系のもう一つ。ちょっと待って、どうやって？」

「わかりません」

梅木はそれだけははっきりと報告した。

新暦一九九年九月一二日・輸送艦津軽

「また、惑星ビザンツの周辺に出てしまったのか？　我々はまだセラエノ星系にいるというのか？　これは何だ、惑星重力の影響なのか？」

輸送艦津軽のブリッジのメインモニターには、巨大なガス惑星の姿が映し出されていた。ガスの組成にメタンやアンモニアの微細な氷も多いため、それは太陽系の木星のような複雑な模様ではなく、濃淡の少ない水色をしていた。

しかし西園寺艦長にとっては、惑星ビザンツの美しさを鑑賞する余裕などなかった。津軽は地球に戻るべく、ワープ機関のパラメーターを設定し、ワープを実行した。色々と不安はあったが、二次誘導コイルは新品に交換し、星系内のワープは正常に行われた。にもかかわらず、地球への帰還を試みると、惑星レアからビザンツまでのワープにとどまった。レアとビザンツは概《おおむ》ね衝《しょう》の位置にあるから、地球に戻ろうとして四天文単位程度しかワープできなかったことになる。

しかし、西園寺の苛立ちはすぐに当惑に変わった。船務長の宇垣克也が、メインモニターに津軽の光学センサーの観測結果を表示する。ブリッジ配置も偵察戦艦青鳳と同じであり、西園寺の席の右手側に宇垣の席はあった。

「艦長、ちょっとこれは厄介ですよ」

「地球に戻るつもりが、四天文単位しかワープできなかった以上に厄介なことがあるのか？」

「いえ、艦長、ちゃんと恒星間ワープはしています」

「恒星間をワープしてるだと……じゃぁ、あの惑星は？」

「惑星ビザンツそっくりですが、ビザンツは恒星からの平均軌道半径は五・二天文単位、ところがこの惑星は六・五天文単位離れています。そもそもセラエノ星系の惑星は四つですが、ここには三つしかありません。

いまのセラエノ星系に合《ごう》の位置の惑星はありませんから、ここがビザンツならそれ以外の三個が観測されるはず。しかし、ここには二つしかない。観測される惑星の位置もセラエノ星系とは違う」

「新しい星系に到着したというのか、船務長？」

西園寺にはそうとしか思えない。仮に人類が植民した星系であったなら、センサーが近傍を移動中の宇宙船のデータを示すからだ。セラエノ星系のような辺境ならまだしも、歴史のある大抵の星系なら、惑星間を移動する宇宙船の一〇隻やそこらは常にあるものだ。

「いえ、既知の星系です。ただし入植は行われておりません。その、ワープ航法のパラメーターがわからないので」

「どこなんだ、船務長？」

西園寺は嫌な予感を覚えつつも、尋ねずにはいられない。

「アイレム星系、セラエノ星系の隣の星系です。つまり我々はボイドからは抜けていない。あのガス惑星はビザンツではなく、ダウルです」

西園寺はこの状況をどう解釈すべきかわからない。そもそもわかる人間など地球にもいないのではないか？

ワープ航法の実用化で、人類はパラメーターがわかっている星系には植民を成功させていた。しかし、ワープを成功させるパラメーターは、実際に宇宙船を飛ばして生還したもののデータを、比較検討するという博打《ばくち》を打つことで手に入れたものだった。

だから植民星系の多くが、観測で隣の星系の惑星配列などはわかっていても、そこに狙ってワープはできなかった。隣接星系でワープ航路を発見した例もまだなかった。「宇宙で一番遠いのは、宇宙の果てより隣の星系」と揶揄《やゆ》されるのもこのためだ。

アイレム星系の三つの惑星のうち、一番内側のバスラには水も空気もあり、生態系が存在することが観測されていたが、それ以上のことはわかっていない。観測からは入植地として優良と思われていたが、ワープするためのパラメーターが見つかっていないため、入植はおろか探査機さえ飛んでいない。

「機関長、二次誘導コイルに異常はないか？」

西園寺は事態を理解すると、すぐにこのことを確認する。ワープの異常が起きて、再び二次誘導コイルが焼き付いたとしても、セラエノ星系なら工作艦明石でなくても救援組織はある。

だがアイレム星系では、そんなものは期待できない。ここには人間がいないのだ。わずか五光年ワープすれば人類社会に戻れるのに、パラメーターがないために、そこは遥かに遠い。

「機関部には異常ありません。あの、よろしいですか？」

ジェームズ・ペッグ機関長は、改まった口調で話し出す。彼は艦内の幹部たちにも情報を流していた。

「機関のログを確認しましたが、きれいなものです。どういうことかと言いますとね、ワープ機関に負荷がない。坂道からボールを転がすように、自然にワープしたようなものです。

言い換えるなら、ワープ機関から見れば、パラメーター設定がどうであれ、セラエノ星系からアイレム星系にワープするのが一番自然なんです」

「一番自然というのはどういう意味だ？　ワープ航法のパラメーターとは、まさにその一番自然なルートの設定じゃないのか？」

西園寺はいささか詰問調でペッグに尋ねる。

「通常は艦長の仰《おつしや》るとおりです。しかし、ボイド周辺では何かが変わっているみたいです。たぶんパラメーターを再設定して、なおかつエネルギーの投入量を増やせば地球に戻れるはずですが、そのためのデータを我々は持っていない。それが現実です。ただセラエノ星系には戻れるはずです」

セラエノ星系が地球から見てどこに存在している星系なのかは、未だに明らかになっていない。本気で調べればあるいは発見できるのかもしれないが、そこまでの労力を投入しようという研究機関はなかった。さらに深刻なのは、ワープ航法の実用化に伴って観測された遠距離の天体について、そのデータはどこまで信用できるのか？　という疑問が出てきたことだ。

比較的歴史のある太陽系近傍の植民惑星では宇宙空間での天体観測が行われ始めたが、同じ天体を観測しているはずなのに、太陽系の観測結果と一致しない事例が認められたためだ。

それはすべての天体ではなく、かなり遠距離にある幾つかの大型恒星での現象だが、このことは、人類圏で作成中の銀河系の星系マップの信頼性に大きな疑問符を投げかけていた。信頼できるのは半径五〇〇光年以内。それが現時点での了解事項だった。

ただそれでも、半径五〇〇光年以内にはセラエノ星系があるような条件に合致するボイドがないため、漠然と一〇〇〇光年ほど離れていると考えられていた。

「運用長、現時点での我々が津軽の船内で生存できる期間はわかるか？」

ブリッジの左側でコンソールを操作していた松下紗理奈運用長は、幹部たちの視界にデータを転送する。艦内の情報処理機構は危機管理上の観点から二重系統になっている。コンソール経由の枯れたシステムと、人体にインプリントされた網膜デバイスを用いたシステムの二系統だ。

ダメージコントロール担当の運用長である松下は、コンソールを多用する傾向にあった。万が一の場合に、信頼性が高いのはこちらだからだ。

「艦内時間で一〇分前にワープしたばかりです。規定量の食料と水・酸素を搭載してから出発したので、一年は生存可能です。まぁ、酸素だけは一年に一〇分足りませんけど。積荷に関してはすべてレアで降ろしたので、転用できる資源はありません。ただ、空気や水の循環システムを組み直して、完全再循環システムと食用微生物の発育プラントを組み立てるなら、津軽のエネルギーが尽きるまで艦内空間で生存可能です。貨物室は空ですから、必要なプラントは組めます。必要機材は積み込みが義務付けられていますから」

松下の発言は本気なのか皮肉なのか、西園寺はわからなかった。付き合いで言えば一番長く西園寺と働いている人間だが、彼女の真意だけはいまだにわからない。

しかも彼女は、知り合いがいるからと工作艦明石に見学に行きたがっていたのを、西園寺がスケジュールを理由に許可しなかったことで、どうも彼に対して当たりが厳しい感じがした。

博士号取得者で、同業者からは「津軽のクールビューティ」とか「津軽の雪の女王」などとも言われているが、松下の場合、冷静なのではなく感情が動かないだけなんじゃないかと思うこともあった。もっとも年に五回くらいは笑うので、喜怒哀楽は多分ある。知人に会いたがるのもそれを示している。

そんな松下の言っているのは、宇宙船のエネルギーと資源だけで「自分たちは艦内で生きて行ける！」ということなのだが、彼女が言うと事務連絡としか聞こえない。

ワープ宇宙船がここまでの生命維持装置を搭載しているのは、ワープの新航路を開拓しようとする無人探査機の三割が未帰還機になるという現実がある。地球に戻れなくても艦内で生きて行けるだけの設備が義務付けられているのも、遭難しても生きて行けるという希望を付与するためだ。

ただ設備が分解されて積み込まれているのは、遭難時に組み立てさせることで、生きるという意識を確認するためと言われている。とはいえこの設備が実際に活用されたという報告はない。遭難宇宙船は非常に稀だが、その中で帰還したものはないからだ。

「艦長……これ、どうしたもんでしょう……」

船務長の宇垣が途方に暮れた声で報告する。彼はセラエノ星系からの電波傍受を行なっていた。未知の文明の電波を受信するために全方位にアンテナを向けても、信号受信の条件は厳しい。

しかし、文明の存在がわかっている相手に対して、使用する波長なども明らかなら、その信号を傍受するのはそれほど難しいことではなかった。少なくとも五光年程度の隔たりなら問題はない。そして宇垣は確かに信号の傍受に成功していた。

「傍受したセラエノ星系の信号は、新暦一九四年九月一二日を示しています。我々が出発したのは、一九九年九月一二日。時刻については数時間の違いがありますが、五光年離れた天体にワープしたのなら、情報は光の速さでしか届かないのですから、一九九年九月一二日の信号を傍受しないとおかしいじゃないですか。

いまここで五光年離れた場所からの、五年前の信号を傍受しているということなのか……」

「セラエノ星系の時間で、我々がいるのは一九九年九月一二日。つまり我々は通常のワープ航法とは違って、瞬時に五光年移動した。光速を超えてしまったというのか！　そうなのか、船務長！」

宇垣船務長の報告に、西園寺艦長をはじめとして口を開く者は一人もいなかった。自分たちは何か途轍もなくおかしな状況に置かれている。

「システムのチェックを行いましたが、結果に違いはありません」

「こちらの緊急時用システムで確認しました、いまは一九九年九月一二日です」

運用長の松下も、宇垣の報告が正しいことを確認する。

「いままでワープに関するトラブルは数多く報告されているが、こんな事例は過去にない。我々のこの経験は、必ず地球の人類に伝えねばならない。ワープはどうして可能なのか、その理論解析を大きく前進させるはずだ。ワープ航法は条件さえ整えば、本当に瞬間移動が可能となるわけだからな」

西園寺はこの点に関しては、確信を持っていた。しかし、どうやって地球に戻るのか？

「船務長、いやこの場合は、運用長か。津軽がワープを使わずにセラエノ星系に自力航行するのにどれだけかかる？」

さすがの松下もそれには表情を変えたものの、すぐにいつもの無表情に戻る。

「核融合炉は最小出力よりも、もっとも安定した定常運転が機関寿命を延ばします。ただその分だけ燃料消費は増えます。基本的に移動中は航路の大半が慣性航行になり、核融合炉だけが生命維持の命綱です。疑似的な重力は、加速状態でなくとも船体を回転させればなんとかなるでしょう。こうしたことを加味すれば、機関の負荷が最小の定常運転で維持することになります。

以上の前提で、セラエノ星系に到達した時には、すべての燃料を失っているような状況で想定しますと、加速に一八日、減速は機関の経年劣化を考慮すれば二ヶ月はかかるでしょう。

そうなりますと、安全かつ最短で移動するなら九七年かかります。人工冬眠技術などありませんから、老化の問題は解決できません。ただ医療技術の進歩と感染症の心配などはないので、乗員の年齢分布などからすれば、八〇名の乗員のうち、五名から六名はセラエノ星系に到達できます」

それは冗談なのか？　と西園寺は松下に問い返したくなった。しかし、彼女が送ってきた計算結果には冗談の要素など一つもない。九七年後の乗員の生存確率さえ、最新の医療データから割り出されている。

かねてより宇宙船乗務員たちの間で囁かれていたのは、ワープ航法の悪影響だった。つまりワープ航法の実用化の結果、それまで熱心に研究されていた宇宙旅行のための人工冬眠技術や、恒星間宇宙船用核融合炉などの研究がほぼ止まってしまったことだ。

たとえば人工冬眠技術は、医療用として癌や感染症の進行を遅らせるなどの形で実用化が進められていたが、宇宙旅行に応用できるものではなく、またそうした需要自体がなかった。

宇宙船用の核融合炉にしても、恒星間飛行を可能とするような数世紀にわたる推進装置を実現する方向ではなく、ワープ主機に短期間に大量のエネルギーを供給する効率的な発電機という方向で、技術開発が進められていた。

だから帰還できる方法が皆無ではないとはいえ、九七年航行して生存者は五、六人という道しかないのであった。

「もう一つ、方法はあります」

松下運用長は言う。

「我々の生還が、いまここで起きていることを報告するための手段であるならば、九七年かけて移動するのではなく、セラエノ星系に無線通信で報告すればいいはずです。セラエノ星系をはじめ植民惑星は、波長三センチと一五センチ、さらに三〇センチの時刻送信を行なっています。それを察知することで、植民星系の位置関係を確認するためです。

地球近傍のごく一部の星系でしか信号の受信には成功していませんが、セラエノ星系も送信と受信の両方を行なっております。ですから、本艦からシステムログを含めた現状をすべて送信すれば、五年後にはデータを受信することは可能です。そのデータにより、こうした事故が起きた原因が究明されたなら、我々はすぐに救援されることが期待できます」

運用長の提案に幹部たちはざわついた。ワープ航法が当たり前の生活をしていたため、情報伝達は宇宙船の帰還と同義語と考えていた。そもそもほとんどの植民星系で太陽系がどこにあるのかも不明確では、電波による通信など選択肢に浮かぶはずもない。

だが自分たちが置かれている状況はそうしたものとは異なる。セラエノ星系の位置はわかっており、距離は五光年であるから、自分たちの生還と情報伝達は切り分けられるのだ。

「運用長、我々のデータをセラエノ星系に送るのはいいとして、それからどうする？　津軽で籠城するのか？」

それを尋ねたのは主計長の星野洋二だった。危険分散というよりも業務の効率化のために、経理を担当する主計長は独立した執務室を持っている。これは主計科が艦内の調理全般を扱う都合もあった。

「それは運用科が決めることではありませんが、艦内で自己完結することは可能です。またアイレム星系の惑星バスラは水や酸素を持つ大気が確認されています。そこで生存に必要な資源を確保することも可能でしょう。ただし、津軽搭載のシャトルはそこまで耐久性はありませんから、使用頻度を厳格化しても一〇年以上の使用は考えないほうがいいでしょう」

それを聞いて星野主計長は艦長に提案する。

「艦長、もう一度ワープしたらどうですか？　それで地球なりセラエノ星系に戻ったとしたら、我々は隣接する星系のルートを開拓したことになりますよ」

それに対して強く反応したのがペッグ機関長だった。

「主計長、我々がどうして先ほどから、九七年かけてセラエノ星系に戻るとか、電波通信だけ送って籠城するって議論をしているかわかってるのか？

セラエノ星系から地球へ帰還するパラメーター設定を行なったのに、地球ではなくアイレム星系にワープアウトしたんだよ、我々は。現時点において、既知のパラメーターは、設定通りに機能しない。

セラエノ星系に戻れればいいが、位置も特定できない宇宙空間に放り出される可能性もあるんだ。恒星の中に飛び込んでしまうかもしれないんだぞ」

「あのね、自分はこの方面では素人だけどね、ワープの距離と投入エネルギー量は比例関係ではないけど、投入エネルギーが少なければ星系内から出ることはないと聞いている。だったら手間だけど、小さなワープを繰り返せばいいじゃないか。それなら恒星間を移動するような大きな誤差は生じないんじゃないか？」

主計長以外の幹部の間で、目配せするような沈黙が起きる。誰が説明するのか探り合うような空気の中で、宇垣船務長が口を開いた。

「まず、主計長には実感がないかもしれないが、距離の遠近にかかわらず、ワープ主機の作動準備には慣れたチームでも一時間はかかる。安全牌で一天文単位ワープするとしてだ、運用長、五光年って何天文単位？」

「約三一万六二〇五天文単位です」

松下はただ数字だけを伝える。

「ありがとう。一天文単位のワープで五光年移動するには、三一万回以上のワープを繰返さなければならないが、一回に準備時間が一時間かかるなら、そのトータルは……」

「約三六年です」と松下。

「そう、三六年。もちろんさっきの九七年よりは六〇年短くはなる」

宇垣船務長の話に星野主計長は、それでも納得しない。

「いや、だから一天文単位とかじゃなくて二天文単位にすれば半分の一八年だし、五天文単位にすれば七年ちょっとで移動できるじゃないか」

「残念ながらできない。機関科の人間だって食事も取れば睡眠も必要だ。交代制で動いているといっても限度がある。三六年だの一八年だのってのは数字遊びに過ぎん。

それから先に言っておくが、一〇天文単位を超える遠距離のワープは、航路データが整備されていなければどこに飛んで行くかわかったもんじゃない。植民星系は航路帯のパラメーターが整備されているから自由にワープしているように見えるだけなんだよ。しかし、それより本質的な問題がある。主計長、どうして津軽は二年に一度はドック入りするか知ってるか？　ドック入りの度に経費がかかるって嫌味を言うけどさ」

「どうしてって、法律でそう決まってるからだろ」

星野主計長もだんだんと自分の論が破綻していることを感じ始めているようだった。しかし、宇垣船務長はさらに畳み掛ける。

「だからね、どうしてそういう法律があるのか？　ってことだ。

ワープ主機は星系内を移動する内航船なら一〇〇〇回、恒星間を移動する大型宇宙船だと一五〇回しかワープできないんだよ。これくらい知ってると思ったがな。ワープってのは、それだけ主機や船体に負荷を強いるものなの。

だから津軽は仮に五天文単位のワープを繰り返しても、一光年にも満たない星系外縁にやっとたどり着いて終わりだ。

短距離ワープを繰り返して長距離を飛ぼうとする宇宙船なんてないだろ。理由はこれだよ。

というかさぁ、主計長も自分と同じ高等船員学校卒なんだろ。いまの話は教養学部の内容だよ」

「なら、ウエストファリア条約が締結されたのはいつで、それは何を意味するか！」

「なっ、何だよ、主計長」

「だからウエストファリア条約だよ。それだって教養学部で習ったぞ。でもわかんないだろ。そうなんだよ、誰だって専科に進んで専門知識を学んだら、教養学部の知識なんか覚えちゃいないでしょ。俺もそうだってだけだ」

　星野主計長が力説する中、松下運用長がつぶやく。

「西暦の一六四八年に三十年戦争の講和条約として締結されたが、後世への影響としては主権国家の誕生が挙げられる、ですよね」

「何でそんなこと知ってんだよ、運用長！」

　そんな星野に松下は言う。

「教養学部で習いましたから」

　主計長の提案はこうして却下されたが、問題は振り出しに戻った。それでも西園寺艦長は現在の状況について無線通信は送ることにした。それならすぐにできるし、通信さえ送ってしまえば、そこから先は自分たちの生存についてだけ考えればいいからだ。

　通信を準備する中で、宇垣船務長が提案する。

「通信を送るにあたって、現在位置からだけでなく、一天文単位の小規模なワープを何回か行い、そこからも送信してみてはどうでしょう」

「複数回、場所を変えるのか？　それに何か意味があるのか？」

西園寺に対して宇垣は言う。

「ワープ航法の異常は、たぶんこのボイドという特殊環境に起因する部分が大きいと思われます。そうだとすれば、小規模なワープを行なった後で送信されるそれぞれの電波をセラエノ星系で傍受すれば、もしも空間に変異があったとしても、受信波を比較することでそれを検知できるかもしれません。ともかく送信するなら、より多くの情報を伝える方向で考えるべきです」

西園寺も船務長の意見はもっともだと思った。ともかくより多くの情報を提供することが、自分たちを救うことにつながるだろう。

とはいえ、彼には懸念があった。セラエノ星系から地球に航行する予定があるのは偵察戦艦青鳳だけだ。青鳳のスケジュールは不明だが、やはり近日中に帰還するとしたら、彼らもまたアイレム星系に到達してしまう可能性だ。それはつまり自分たちは地球へは帰還できないことを意味するのではないのか？　それともこの状況は津軽だけの不運な現象なのか？

船務長の提案に従い、アイレム星系の複数箇所に小規模なワープを繰り返す。繰り返してセラエノ星系に通信を送る。すでに日付は九月一二日から一三日に変わっていたが、果たしてこの九月一三日という日付に意味があるのか？　西園寺はそんなことを考えてしまう。

ペッグ機関長から報告があったのは、そんな時だ。

「ワープ主機ですが、完璧です。空間異常による過負荷は認められません。一天文単位という近距離だからかもしれませんが、主機のシステムログを参照した範囲で、何も空間の変異は認められない」

その報告は、津軽の幹部たちを当惑させた。空間に異常がないなら、なぜ地球に戻れなかったのか？

「機関長、何か君なりの仮説はないのか？」

ペッグは言葉を選ぶように、幹部たちと共有する仮想空間の中で自分の考えを述べた。

「可能性は低いので言わなかったのですが、もしかすると二次誘導コイルの交換作業に問題があったのかもしれません」

「作業ミスってことか？」

西園寺は狼群涼狐の顔を思い出す。もしもミスがあったら、タダではおかないと心の片隅に太字で書き記す。

「作業ミスではないのですが、我々は青鳳とニアミスして二次誘導コイルが焼き切れた。この時に航路管理ＡＩが、自分たちの航路座標を見失ったか、新たな座標を設定してしまった。星系内では問題にならないが、恒星間航行では問題になるレベルの誤差です。

通常は考えられませんが、青鳳とのニアミスで、我々の宇宙船だけがシステムに深刻な負荷がかかったことを思い出してください。

我々は地球へとパラメーターを設定したが、そもそも自分の現在位置をＡＩが誤解しているので、地球へなど飛べるはずがない。ワープを実行しても、パラメーターのミスがあれば宇宙船はワープできないことがありますが、あれは厳密にはワープした宇宙船が航路座標を見失い瞬時に帰還したという現象です。瞬間的に同じ座標に戻るのでワープしていないように見えますが、じっさいはこうしたことが起きています」

「つまりこう言いたいのか、機関長？

津軽の航行ＡＩは青鳳とのニアミスで自分の座標が狂わされていた。そこで地球に向かったが、ワープ航路を開けなかったのでセラエノ星系に瞬時に戻ったはずが、座標がずれていたので、アイレム星系に戻ったと？」

「ご都合主義的に聞こえるのは百も承知ですが、現状でこれが一番合理的な説明だと思います」

西園寺艦長には、たしかにご都合主義に思われた。ただワープ中のニアミスという類い稀な事故に遭ったのも事実である。科学的根拠はないが滅多にない不運が重なることはある。そんな自分たちが超光速で隣接星系にワープしたのは、事故と無関係とは確かに思えない。

「打開策はあるか、機関長？」

「システムを再起動し、船務長がセラエノ星系とアイレム星系の座標の差分を計測して、そのパラメーターで地球へ向かえば帰還できるはずです。万が一にもワープ航路が開かなかったら、現在位置に戻るだけで危険はありません。最悪、過去ログは残してますから、そのパラメーターを利用すればセラエノ星系には戻れます」

「地球に帰還できる新たなパラメーター、最悪でもアイレム星系に止《とど》まったままか。試す価値はあるか」

「運が良ければ、我々は偶然ではありますがアイレム星系への航路も開拓したことになります」

西園寺艦長は幹部たちとも相談し、機関長の仮説を検証することで意見が一致した。ただ万全の態勢で臨むために、六時間の休息を命じた。

　そして時間になる。

「記録、新暦一九九年九月一三日〇八〇〇、ワープシステムを再起動し、新たな座標パラメーターを設定した。これにより輸送艦津軽は地球圏へと帰還する。この電波を傍受した時、セラエノ星系の諸君らと、この通信を笑い話にできることを切に願う」

　西園寺艦長は、そのメッセージをＡＩに記録させ、セラエノ星系にも送信する。そして宇宙船はＡＩの制御下でワープした。

「ワープは成功しました！　ここはアイレム星系じゃありません！」

　宇垣船務長の興奮した声が、艦内に流れる。

「座標と、現在時間を確認！」

　西園寺は命じる。メインスクリーンの光景は、惑星の数からして先ほどとは異なり、さらに幾つもの電波信号を受信している。

　だが、船務長の表情が青ざめているのが、西園寺にはわかった。

「どうした船務長？」

「現在時間、新暦一九九年九月一三日〇八〇〇、艦長、ここはセラエノ星系です！　どうしてセラエノ星系に戻るんだ！　そんな馬鹿なことが」

　西園寺艦長は直感した。

もう地球へは帰れない。

4　異常事態

新暦一九九年九月一三日・宇宙港

セラエノ星系の惑星レアの宇宙港には一つ問題があった。それは固有名詞がないことだ。星系に唯一なので、宇宙港といえばレア軌道上のこの施設を意味した。

古い建設記録によれば、この宇宙港は最初、アントワープという名称が決まっていたが、建設中の事故で腕を失う作業員が出たため、不吉であるとしてその名前は封印され、以来ずっと「宇宙港」で通っていた。

もっとも、最初はアントワープだったのは公文書ファイルにも記載された事実だが、事故で腕を失った作業員云々については都市伝説と言われている。単にただ一つの宇宙港でいちいち名前を呼ぶのは面倒なので、「宇宙港」で通るようになったのだろう。

アーシマ首相は、首都ラゴスから出発したシャトルに乗り、ドッキング準備のために接近する宇宙港の姿にそんなことを思った。

シャトルのエンジンパワーに任せて強引に軌道上に上がったため、最終的なドッキングまでには面倒な速度調整が必要だった。もっともすべては自動で行われるので、乗員にとっては気にするようなものではない。

人類が核動力ではなく、化学物質の燃焼でロケットを飛ばしていた時代には、緻密な計算による軌道力学が重要だったと言われるが、それは宇宙船技術が低レベルの時代の話。

核動力が利用できる今日、衛星軌道に移動するのに優先されるのはエネルギー効率ではなく時間である。アーシマのような立場の人間には時間こそが優先される。軌道力学などエンジンパワーで捩じ伏せられる程度のものだ。

これに関連して地上から軌道上に移動するのに、シャトルではなくワープ航法を使えないかという欲求はいつの時代にもあった。じっさい数十年に一度くらいの頻度で挑戦されたことはあったが、ことごとく失敗していた。

技術的には軌道上にワープアウトすることには成功した(が、その高度での軌道速度には満たないので、加速しないと墜落することになる)。しかし、パラメーターがわかっている限られた軌道上にしかワープアウトできないのに、船体そのものは惑星間宇宙船以上に複雑な構造になり、コストや運用面のメリットは一つもなかった。惑星表面から軌道上に遷移するには、軌道エレベータがないならシャトルが一番経済的だった。

レアのような大気を持つ惑星で活用されるシャトルは、恒星間ワープ宇宙船よりも多様性があったが、ほとんどの惑星ではウーフー型シャトルが使用されていた。

最初に登場してから一〇〇年近くになるが、航法装置のAIが賢くなった程度で、部品レベルからほとんど変わっていない。単純な飛行性能ならウーフー以上のものは幾らでもある。しかし、特殊用途ではなく日常的な運用では、経済性・信頼性などの面でウーフーに勝るシャトルは現れなかった。だから設計変更もなく、今日まで飛んでいる。ウーフーに関しては中古シャトル市場が成立しているところからも、本機の卓越性がわかる。

そしてセラエノ星系のウーフーはどれも状態の良い中古だった。当たりの機体だとアーシマが生まれる前から現役であった。それでも問題なく飛んでいるという。

さすがに首相専用機のウーフーは、中古とはいえ製造から一〇年という比較的新しい機体だ。宇宙港をはじめとして、セラエノ星系の宇宙関連インフラは、必要最低限度の要件を満たすだけのものが大半だ。それでも総人口一五〇〇万人の星系としてはよくやっているほうだとアーシマは思った。

そんな宇宙港だが、今日は違った。工作艦明石はともかく、偵察戦艦青鳳に輸送艦津軽と、大型ワープ宇宙船が三隻も接舷している。大型宇宙船用のドッキングベイがほぼ埋まっているなど、滅多にあることではなかった。

惑星レアには外部との交易を行う宇宙港の他に、政府が直接管理する宇宙船用の軌道ドックがあったが、現在位置からはその姿を見ることはなかった。

「調査作業はすでに始まっているようですね」

第一政策秘書のハンナが窓から津軽を指差す。ウーフーは枯れた宇宙機なので、客席にあるのはモニターではなく窓である。

そろそろシャトルと宇宙港の速度同期が完了したのか、アーシマは窓から津軽の様子をゆっくりと観察できた。津軽には外から見た範囲で異常があるようには見えなかった。

ただ、機関部の周辺に作業艇ギラン・ビーが、植物の樹液を吸う昆虫のように張り付いていた。宇宙服の作業員もおり、外部から調査をしているらしい。狼群商会は仕事が早いとは聞いていたが、噂通りのようだ。

そうして宇宙港の周辺を移動し、シャトルは専用ゲートにドッキングした。アーシマはスタッフとともに、宇宙港の警備員にエスコートされ、内部にある会議室に向かう。実用本位の施設であるため賓客を迎えるような空間はなかったためだ。

「宇宙艦隊調査戦隊所属、偵察戦艦青鳳艦長、夏クバン准将です」

「セラエノ星系政府首相、アーシマ・ジャライです」

小なりといえど政府首班相手だからだろう、夏艦長から先に名乗った。アーシマにとって、これは安心できる兆候だ。戦艦の艦長は宇宙軍のエリートだが、小規模な星系政府相手だと尊大に振る舞う人間もいる。残念ながら階級は人間性を保証しないのだ。

そうした尊大な人間相手で生産的な話し合いを行うのは難しい。特に今回のような科学的にも社会的にも影響が大きい案件では、相手の人間性の良し悪しは重要な要素となる。

「星系政府の権限として、輸送艦津軽のデータ解析と予備調査は、政府管理下にある工作艦明石に命じてあります。ただ、これらについては無条件で青鳳と共有する予定です」

アーシマはまずそのことを宣言した。彼女としては青鳳が入手した情報は自分たちも共有することを望んでいると同時に、自分たちが入手した情報もまた彼らと共有することを基本原則としていた。

これは自分たちの協力姿勢を見せると同時に、それが現実的とも思うからだ。アーシマの政権スタッフが優秀なことには彼女自身も疑問を抱いていない。しかし、人口一五〇万の星系である。精鋭でもチームの規模は小さく、しかも行政職に偏重しており、科学方面のスタッフは手薄だ。

正直、津軽のワープデータを入手しても、自分たちだけで解析するのは不可能だろう。

できるのは地球圏しかない。これが人類社会の現実だった。

ワープの実用化と植民星系の拡大が、総体としての人類社会のありようを大きく歪めてしまったのだ。そう、人類が六〇に近い星系に植民したことが、一世紀にわたる科学技術の停滞という、誰も予想しなかった事態を招いていたのである。

人類の総人口は二〇〇億人を超えていたが、その三分の一は惑星地球に住んでいた。残り三分の二が他星系だが、人口が億をこえる星系の数もそれほど多くなく、中央値は概《おおむ》ね五〇〇〇万から六〇〇〇万人と言われていた。

このためほとんどの星系において、自分たちの文化的な生活を維持するための工業製品を自給自足できなかった。

衣食住に必要な物資に限れば、豊かさの程度は星系により違いはあるものの、どの星系でも三次元プリンターなどで自給自足可能だった。だが、高性能な三次元プリンターを自給できる星系はほとんどなかった。橋やビルを組み立てられるような装置となれば、地球圏しか製造できないのが実情だった。

これは各星系の人口が一定水準以下になるように惑星開発を進め、高度な工業製品の地球への依存度を高めることで、地球経済を発展させるという施策によるものだった。高性能三次元プリンターに自分自身を複製させるというのは、どこの星系政府も考えてきた。

しかし、それは法的に禁じられているだけでなく、三次元プリンターのシステムそのものに自己複製を禁じるプログラムが何重にも組み込まれていた。地球圏にとってはドル箱であるだけでなく、政治的優位を確保する手段であるため、三次元プリンターで三次元プリンターを製造するのは不可能だった。限られた範囲の修理が認められているだけだ。

これは地球の経済政策としては成功だったが、イノベーションのインセンティブを著しく低下させた。需給関係で供給元の地球の生産力に限界があるため、製品価格は高止まりで、なおかつモデルチェンジに投資せずとも一〇年、二〇年と手堅く利益が確保できるなら、新製品を開発する旨味はない。

大学などで基礎研究も行われていたが、このような状況で研究室の基礎科学分野での発見が産業に結びつくためのハードルは著しく高くなっていた。画期的な発見も、新たな技術開発として事業化に結びつかなかったのだ。

こうしたことが世代間で継承された結果、科学技術の研究に進む人間が急激に減少した。それでも工業社会を維持するための最低限度の人材は必要なので、そうした人間は高額で雇用された。この状況で、事業化の可能性のない基礎科学に進む人間はさらに減った。進歩と呼ばれるものも、レイアウトの変更やUI《ユーザーインターフェイス》の改善レベルにとどまった。

基礎科学を学ぶ人間の減少は、過去の基礎科学の継続した研究を不可能とし、多くの知見が失われた。ワープ航法の原理が未だに解明されない理由の一端は、こうした基礎科学分野の衰退であった。それでも昨日できたことが今日もできる生活の中で、このことに危機感を覚える人間は稀だった。

ただ地球圏での基礎科学やイノベーションが衰退しても、植民星系ではそうした研究が行われる可能性はあり、事実そうした惑星の幾つかでは教育投資は行われていた。

だが、ワープ航法は宇宙船の移動手段であり、超光速通信を実現するものではないため、星系間を跨《また》ぐような科学技術情報の交換効率を大幅に低下させていた。星系Aと星系Bで情報交換をしようとしても、ワープ宇宙船でしか情報を運べず、しかも既知の航路パラメーターが限られている関係で、宇宙船は必ず地球に戻らねばならなかった。

しかも、新しい理論を検証するための実験装置を自前で製造できる星系は限られていた。たとえば大型粒子加速器を製造しようとしても、関係する複数の星系政府との調整が必要で、プロジェクトが巨大であればあるほど進展は遅くなった。

こうした状況は、地球圏政府の視点では、地球一強体制を維持する上で追い風になったから、改善されるはずもなかった。

いずれにせよ人類社会の経済は大きく成長していたが、科学技術の水準は、この一世紀ほとんど進歩していない。それどころか現代人の多くは、社会が進歩するという観念さえ希薄であった。老いも若きも人生の中で社会変化を経験したことがないからだ。

こうした様々な要件が、植民星系の地球圏依存を避け難いものにしていたのであった。

「情報共有については、私の一存では決定できませんが、セラエノ星系政府の協力的な対応は大きなプラスになると考えます」

夏艦長はそう言った。アーシマもそれでここは良しとする。輸送艦津軽が地球帰還に失敗したという新たな事態は、この問題が、青鳳やセラエノ星系政府だけで解決がつくものではないことを示しているためだ。

だが、ここで意外な人物たちが発言を求めてきた。青鳳の科学主任のミコヤン・エレンブルグ博士と、セラエノ星系政府調査団メンバーの狼群妖虎だ。夏艦長も驚いているところを見ると、この二人の独自の提案らしい。

狼群もエレンブルグも同時期に高等船員学校に在籍していたはずだから、面識はあったのだろう。エレンブルグ博士が促したので、狼群妖虎が発言する。

「青鳳で地球に帰還するという話ですが、我々は専門家の立場として、地球に帰還するのは明石単独であるべきと提案します」

夏艦長が視線を送ってきたので、アーシマがその提案を受け取った。

明石側から夏艦長に対して、二次誘導コイルの輸送時の安全性を根拠に、青鳳に明石が同航するとの提案が行われたことはすでに報告が来ていた。ただ青鳳側からはこの件に関する動きはなく、アーシマも話はそれで終わったと思っていた。しかし、科学者たちには明石に固執する理由があるらしい。

「どうして予定を変更して、青鳳ではなく明石なのか？　狼群委員、説明してください」

「では首相、説明します。

輸送艦津軽は、地球に帰還するはずが隣のアイレム星系にワープアウトしてしまった。しかも尋常なワープの仕方ではなく、外部から見れば明らかに光速を超えたとしか見えないものでした。

さて、どうしてこのようなことが起こったのか？　可能性は大きく分けて二つ。一つは、このボイドという特殊な領域で何かが起きている。もう一つは、輸送艦津軽のワープ主機が先日の事故で何らかの深刻な損傷を受けている。

ここまではよろしいですか？」

アーシマがうなずいたので、妖虎は続けた。

「我々はまず、津軽の帰還失敗は二つの可能性のいずれに問題があるのかを確認しなければなりません。

ここで原因が津軽の機関にあった場合、津軽とのニアミスにより予定のワープアウトに失敗した偵察戦艦青鳳のワープ主機も、同様の損傷を受けている可能性が少なからずあります。

仮に青鳳もまたワープアウトに失敗し、アイレム星系についたとした場合、我々には問題が空間なのか宇宙船なのか、やはりその原因がわからない。

もちろん無事に地球に帰還できれば、問題の所在は明らかですが、失敗した場合には、第三の宇宙船を送り出して確認する必要がある」

「つまり、明石で地球にワープして成功すればそれだけで宇宙船の問題とわかり、失敗すればボイドの構造問題と明らかになる。一度のワープで、原因を特定できるというわけね」

「そういうことです、首相。幸い、津軽の焼き付いた二次誘導コイルは工作艦明石に固定したままです」

「それは、青鳳の地球帰還時に、焼き付いた二次誘導コイルを明石で輸送するという以前の提案とは異なり、明石単独で地球に向かうということ？」

夏艦長が確認する。彼女にとっても、そこは重要なところだろう。

「夏艦長の判断次第ではありますが、青鳳の幹部の方々も明石で地球に帰還するのが、その後の対応は円滑に進むのではないかと思います」

妖虎は、淀みなくそう提案した。おそらく思いつきではなく、それなりにエレンブルグ博士と議論した結果だろう。

アーシマ首相も夏艦長同様に、この提案は予想していなかったが、話の筋は通っているように思われた。

夏艦長も幹部の人選を行うことを了解した。アーシマもすでに妖虎を含む調査団五名の人選は済んでいたから異存はない。

「あと、輸送艦津軽の西園寺艦長他の人員も同行してもらうべきと考えます。アイレム星系にどのような状況でワープしたのかを証言してもらう必要があります。

任意で協力してもらうのが最善ですが、拒まれた場合には、首相か艦長から命令していただくことになります。これは現在の津軽の立場をどう解釈するかという問題でもありますが」

狼群妖虎は津軽艦長の話をしているようで、なかなか難しい問題を提起していた。地球に向かって一度はワープした宇宙船は誰の管轄下になるのかという話だ。

地球にワープアウトしていないからには、宇宙法に従い、セラエノ星系政府に命令を下す権限があるとも解釈できる。一方で、一度はセラエノ星系からワープしたならば、政府の管理下から離脱しており、宇宙軍の命令に従うことになるとの解釈も成り立つ。

「ワープに失敗し、結果としてセラエノ星系に戻ったとしても、西園寺艦長は一貫して地球への帰還を目的としていた以上は、セラエノ星系政府の管理下を離れたことになります。そうであれば津軽は地球圏の主権に従わねばなりません。現状でそれが可能なのは、夏准将しかいません」

アーシマはあえて夏クバンを艦長ではなく、階級で呼んだ。准将は大佐とさほどの違いはない階級だが、将官に準じる命令権を行使できた。

星系植民事業の黎明期には、ほとんどの植民星系で社会機構も都市インフラも未整備という現実を背景に、植民地社会の秩序維持のための公権力として司政官という役職が存在した。植民惑星が自立できるまで、司法・行政・立法の三権を担うというもので、傘下に多くのAIを持ち、ロボットによる軍事力まで与えられた。人によっては司政官を「植民地建設のための必要悪」あるいは「社会機構建設の劇薬」と称することもあった。

過剰なまでのAI依存の統治が可能だったのは、あくまでも開発の初期段階で惑星の総人口が少なかった（総人口一〇万人が一つの目安とされた）ことがある。また別の理由としては、司政官は職務執行をAIに依存することで、AIに組み込まれた関連法規の枠内で統治を行うことも期待されたためだ。

つまりＡＩに依存させることで司政官はあくまでも官僚の枠内に留まり、決して独裁者にはならないというわけだ。

　しかし、この司政官制度は半世紀ほどで廃止される。これにはさまざまな要因があるが、一番大きいのは植民星系の航路開拓がほとんど停滞していることだった。フロンティアの統治を行う司政官も、フロンティアがなくなれば消滅する道理である。

　その代わり宇宙軍の将官には、緊急事態に対しては司政官的な権限の行使が認められていた。ただしこの場合には、すべての行政文書や命令書は記録され、事態が収束すれば、その判断の適否が文官のみの第三者委員会で検討されることになっていた。

　この記録条項は非常に厳格で、将官の判断が結果的に適切であったとしても、一つのメモがデータから消去されていただけで、相応の処分が科せられる決まりとなっていた。検証なしの独裁権力は、社会に害悪しか与えないのは歴史が証明していることだ。

　アーシマ首相はこの条項を念頭に、津軽の艦長は夏准将の命令に従うべきとの発言を行なったのだ。むろん、それだけが理由ではなかったが。

「小職が津軽の艦長に命令を下すのを、セラエノ星系政府は認める、そうした解釈でよろしいのですね？　今回のような事態は過去に例をみないものですが……」

　そう口にしてから、夏艦長はある可能性を思いついたらしい。質問をしようか一瞬躊躇《ためら》った後に、彼女は尋ねてきた。

「セラエノ星系政府の認識としては、津軽の問題は宇宙船の問題であり、ワープ航法についての懸念はないとの立場ですか？」

「そう認識していただいて構いません」

アーシマは夏艦長の聡明さを再確認した。首相と艦長のどっちが輸送船に命令するかなどというのは、実を言えばどうでもいい。事の本質は、地球との間でワープが可能かどうかという認識の問題だ。それが不可能なら、夏艦長の命令は法的根拠を失うだろう。地球と連絡が取れないなら、すべてをセラエノ星系という孤立した環境で解決しなければならない。そうなると正当な統治者はアーシマ首相しかいない。夏艦長の命令とは、地球とのアクセスが可能であるというアーシマの宣言なのだ。

裏返せば、それはアーシマ自身の恐れでもある。津軽の報告は、ワープしても地球に戻れない可能性が無視できない程度にあることを示している。この事実がセラエノ星系社会に動揺をもたらす前に、首相としての立場を明確化する必要を彼女は感じたのだ。

杞憂《きゆう》であったと馬鹿にされる可能性も少なからずある。しかし、それはいいのだ。地球とアクセス可能な中で神経質と馬鹿にされるのは、地球との航路が閉ざされるよりもはるかにましだろう。

「わかりました、津軽の西園寺艦長に関しては、こちらから連絡を入れます」

夏艦長は快諾した。

「よろしくお願いします」

アーシマ首相は、夏艦長を見ながら、この人と次に会えるのはいつだろうと思う。明日、彼女と再会できたなら、我々は危機的状況に陥っていることになるのだ。

新暦一九九年九月一四日・工作艦明石

「艦長、明石の工作部を見学してきていいですか？」

工作艦明石の艦内で関係者に乗船許可を得るという手続きが終わると、運用長の松下紗理奈は目を輝かせて西園寺艦長に訊いてきた。

「あのな、運用長。これは仕事であって、修学旅行じゃないんだ」

「見学も仕事です、私、運用長なんです！　明石だって、元は我々の津軽同様、クレスタ級輸送艦ですよ」

松下運用長は西園寺の言葉など、まるで素通りだ。これで袖でも引っ張り始めたら、玩具屋で駄々をこねる子供のようなものではないか。

「だいたい運用長、君も仕事かもしれないが、明石の工作部の人たちも仕事なんだ。それくらいわかるだろ。面識もない人間がやってきても迷惑なだけじゃないか」

しかし西園寺には、松下にここまで喜ぶことがあるとは意外だった。津軽の雪の女王も、工作艦の内部では既に溶け始めている感がある。

「面識あります」

松下運用長は学級会の発言のように手を上げる。

「面識があるって？」

「私と狼群妖虎先輩は面識があります。ハイスクールが一緒で、何度か同じチームで研究もしました。住んでいるところは地球の反対側でしたけど、先輩の卒業式で直《じか》にお会いして、制服の第一ボタンをいただきました！」

西園寺が持っている部下の履歴によれば、松下紗理奈は地球で有名な私立のお嬢様学校の出身らしい。しかしカプタインb出身の西園寺には、その「私立のお嬢様学校」という単語の意味からしてわからない。彼の郷里にはそんなものはない。富裕な良家の子供は地球留学がステータスだからだ。

色々な話を総合すると、松下の学んだハイスクールは地球全土から生徒を募り、極めて精緻な仮想空間上に広大な仮想のキャンパスを構築し、多種多様な人種や民族の生徒が学んでいるという。

もちろん地球の主要大陸に物理的な学校施設があり、物理層での接触も可能だが、収容人数は全体の五パーセント以下である。

私立というのは国公立ではないという意味らしいが、社会で物理層と仮想空間層のハイブリッド化が進み、国民国家という古いシステムが解体しつつある今日の地球では、あえて私立と名乗る意味があるとは西園寺には思えない。

最大の謎は「お嬢様学校」で、一番近い意味は「富裕層向け女子教育機関」であるらしい。どうも学校法人としては数世紀の歴史があり、黎明期には「女性専門教育機関」を意味するこの呼称にも然るべき意味があったらしいが、時間の経過とともに本来の意味が大きく変質したのだろう。

なぜなら松下の出身校は性別に関係なく入学が認められ、正当な理由があれば、完全に自分と異なる精巧なアバターによる仮想空間での活動も行われていた。そもそもキャンパスの仮想空間には、ＡＩが制御するアバターが人間社会の常識を学ぶために活動していたり、一人の学生を複数の人間が共有しており、個人の属性を制限要件にすることに意味はなかったのだ。

しかし、年に三回くらいしか笑わない彼女がこうまで喜ぶなら、西園寺も無下にはできない。

「任務に支障をきたさない範囲でな」

「がってん承知！」

こっちのほうが本当の松下なのだろうか？　だとすれば自分は運用長に無理なストレスを知らずに与えていたのか？　西園寺はそう考えると、気が重くなった。

地球に戻る工作艦明石について、輸送艦津軽からは西園寺艦長と松下運用長の二人が乗艦することとなった。艦長が不在なら船務長の宇垣が艦長代行を務めねばならず、ワープ機関に何らかの問題があるかもしれないなら、不測の事態に備えて機関長も降ろせない。そうなると正確な状況報告ができる人間としては、艦長と運用長となる。だが明石での松下の喜びようを見ると、漠然とではあるが、いずれ彼女は津軽から去ってしまうのではないかという気もする。

西園寺は、ナビコなる明石のエージェントＡＩに促されるまま、自分に与えられた船室へと向かう。私物はすでに明石のほうで運び入れてくれた。といっても鞄ひとつ程度の容積だが、そこに危険物があるかないかのチェックは明石側が行うのが原則だ。

いうまでもなく工作艦は客船ではない。しかも、明石は改造に際して原型以上に実用本位に造られていた。

だから与えられた部屋は、一般船室の中では上等なほうであったが、津軽の船室よりも見劣りがした。

基本的な構造は同じクレスタ級輸送艦なので、内部には西園寺も馴染みがあった。ただ個室は与えられず、二人部屋だ。就寝用のカプセルが二段に重ねられ、残りのスペースは広く活用できる構造になっていた。

就寝用カプセルは小さな個室みたいなものだから、プライバシーは守られる。しかし、それでも若い女性と同じ部屋というのは、どうも落ち着かない。地球圏では、こうした部分を気にしない人も多いらしいが、カプタインbはいまも保守的な社会であった。

とりあえず、彼は自分に与えられたカプセルの中で待つ。工作艦明石のワープは明石の乗員が行うので、西園寺は呼ばれない限りはブリッジに立ち入ることはできない。

そもそも彼の役割は、地球に着いてからの証言にあるのだから、それまですることはない。青鳳の夏艦長なら違うのかもしれないが。

しばらくすると松下運用長が息せき切って戻ってきた。そして部屋に入るなり、自分の鞄を掴む。

「どうした運用長？」

「あっ、艦長いたんですか。私、妖虎先輩の部屋で寝ますから」

それだけ言って、松下は消えていった。

「新しい運用長を探したほうがいいのかな？」

西園寺艦長はそんなことを漠然と思った。そしていつの間にか眠っていた。気がついたのは、誰かが自分の名前を呼んだからだ。

「ナビコか？」

呼んでいるのは明石のＡＩだった。

「西園寺艦長、至急、ブリッジへいらしてください」

艦内には微弱な重力が感じられた。つまり明石は低出力で航行しているのだろう。

西園寺はすぐにブリッジへ向かう。ブリッジの位置だけは津軽と同じなのは既に確認済みだ。

「あっ、失敗か」

ブリッジにはいって最初に目につくのは正面のメインスクリーンだ。どうやら明石のシステムは西園寺の網膜表示には回線を開いていないらしい。部外者であるから、それは仕方がない。

「あれ、昨日見ましたよ。アイレム星系の惑星ダウルですね」

そう言ってから、ブリッジ内の空気が冷たいことに西園寺は気がついた。あろうことか、松下運用長さえ、狼群妖虎の隣で厳しい視線を向けている。孤立無援、四面楚歌だ。

「失敗ではありません。確認試験という観点では成功です」

艦長席にいるのは狼群涼狐、その後ろに夏艦長をはじめとする青鳳の幹部たちがいる。そうした中で涼狐は、試験は成功と言ったのだ。

「ワープ機関の損傷を受けていない明石もまたアイレム星系にワープしたというのは、原因が宇宙船にはなく、ボイドの時空の中にあることを示している。それが確認できました。残念ながら」

涼狐の残念ながらという一言に、西園寺はブリッジの空気が冷たい理由を悟った。彼の発言が問題なのではない。工作艦明石さえも地球に戻れないという現実が意味するものは、セラエノ星系の人間は誰も地球へ戻ることができないということなのだ。

つまりセラエノ星系一五〇万市民は、地球からの一切の補給がない状態で、文明社会を維持しなければならないことを意味するのだ。それは想定されていないわけではなかったが、よもや現実の問題になるとは思わなかった。そして輸送艦津軽も偵察戦艦青鳳も、いずれも地球へは帰還できない。誰もが明石の実験に希望を抱いていたが、それも潰《つい》えてしまった。

「西園寺艦長、あなたが昨日アイレム星系にワープアウトしたのも、惑星ダウルの周辺ですか？」

それを尋ねたのは、涼狐艦長ではなく、夏艦長だった。

「そう、あのガス惑星の近傍にワープアウトした」

それを聞くと、エレンブルグ博士や狼群妖虎、それに松下運用長までが、何かを議論し始めた。どうも宇宙港からワープして、アイレム星系でワープアウトした時刻はほぼ同じらしい。つまり瞬間移動したようなものだ。

「セラエノ星系からアイレム星系に移動したこともそうですが、どうしてこの二つの星系のワープだけが超光速なのです？」

夏艦長はそれをエレンブルグ博士に尋ねた。彼が青鳳の乗員だからだろう。超光速に関しては津軽がセラエノ星系にワープした時の事故の事例もあったが、否定もされていないが正式に認められてもいない。状況が特殊すぎて再現性がないためだ。

「わからんよ、それは。そもそもワープが可能な原理がわかっておらんのだから。ただ、狼群博士と松下博士の仮説は、現状を無理なく説明できると思う」

夏艦長が口を開く前に、涼狐艦長が言う。

「妖虎、説明して」

「だから、狼群機関少佐とか工作部長とか呼び方を考えてよ、艦長殿」

妖虎はそう抗議すると、すぐに事務的にナビコに指示を出す。すると中央のモニターに図が描かれる。セラエノ星系とアイレム星系だ。惑星配置はいま現在のものであるようだ。

「輸送艦津軽のワープ時間とワープアウト時間のそれぞれの位置関係、さらに工作艦明石のそれを比較してみます。出発点は宇宙港で同じですが、それでも恒星も惑星レアも動いています。ただ五光年という距離からみれば微々たるものです」

そして図に数字が現れる。二つの星系の恒星と惑星の総質量で、どちらもほとんど同じで違いは一パーセントもないが、セラエノ星系のほうがやや質量は大きかった。

そして二つの星系の中間点付近に赤い印が表示される。

「この赤いのは、二つの星系が作り出す共通重心です。あまり知られておりませんが、セラエノ星系とアイレム星系はボイドという空虚な構造の中で、この共通重心を中心に回転しています。言い換えれば、セラエノ星系とアイレム星系は連星です」

それは西園寺も初めて知ることだった。地元の涼狐艦長も驚いていたようだから、本当にあまり知られていない事実らしい。

「津軽と明石のワープ機関のログを解析すると、二隻の宇宙船は、瞬時にセラエノ星系からアイレム星系に向かったわけではない。

セラエノ星系から共通重心に二年半後に到達し、そこからアイレム星系まで二年半時間を遡った。通常なら、セラエノ星系からアイレム星系には五年後にワープアウトし、アイレム星系からセラエノ星系には五年前に戻る。それがワープ機関の基本的な作動機序ですが、共通重心の存在が、あたかもワープが瞬間的に起きたように見せてくれた。

言うまでもないことですが、このモデルでも宇宙船は帰還した時に、出発前の時間にならないどワープアウトしない。戻るのは出発後です。

以上が、アイレム星系に我々がワープアウトした時に起きたことの説明です。なぜ、こうなったのか、それは不明です。あくまでもいまのは事実関係です」

アイレム星系に現れた理由は相変わらずわからなかったものの、どのような事象が起きたのか、それは明確になった。しかし、それだけに事態の深刻さも明らかだ。

「すいません。いまの説明だと、我々はセラエノ星系とアイレム星系の間しかワープできないように聞こえるんですが？」

西園寺の質問に、ブリッジの空気は再び険しいものになる。

「その点が、いま我々がこうして悩んでいる点です」

エレンブルグ博士が言う。

「たぶんボイドには、セラエノとアイレムの二つの星系があるのではなく、両者は一つの連星系で、いくつかの偶然により、五光年の距離を隔てて回転する形に落ち着いたのだろう。断言はできないが。

我々は喩えるなら、穴に落ち込んでしまったようなものだ。それがどういう種類の穴かはわかっていない。ただボイドの構造から考えて、恒星の質量が何らかの関係を持っているのは確かだと思う。

宇宙論の中で仮説として想定されてきた、質量だけを持ち、通常の物質とは相互作用しないような粒子の滞留があったとする。それが恒星セラエノの質量により辛うじて引き止められていて、それゆえにボイド内でもセラエノ星系には地球からワープできた。しかし、その粒子の密度が何かの理由で急激に減少した結果、我々はボイドの中に閉じ込められてしまった。

ボイドの外から内部に入るルートが閉じると同時に、内部から外に出るルートも閉じてしまった。結果としてボイド内では、セラエノ星系とアイレム星系の間を共通重心を介してワープできるだけになった。

そしてどうやら、この共通重心がワープにおける絶対座標として機能しているらしい」

だと思うとか、らしい、ばかりとは思ったものの、西園寺もこの状況で明快な解析ができるとは思わなかった。地球に伝える術はないが、ボイド内で起きていることは人類が遭遇する初めての問題ばかりだ。

それに対してワープ工学などで博士号を取得したような専門家は、目の前の三人以外にセラエノ星系で何人いるか？　それだけの高度な教育を受けた人間なら、地球か、さもなくば歴史があり経済も発達した古参の植民星系に向かうだろう。セラエノ星系にはそうした人材が就くべき職場がない。

「地球に帰還するためのルート開拓の方法は、一つだけ考えられます」

全員の視線が狼群妖虎に集中した。とはいえ西園寺は半信半疑だ。彼女ができる人間なのはわかっているが、この前代未聞の状況の中で、打開策を見つけられたとは信じ難い。

「地球に戻るって、どうすんのさ、妖虎」

「だから、そういう呼び方はやめろって言ってるでしょ、姉ちゃんは艦長なんですからね」

「だってあなた妖虎でしょ、妖虎を妖虎と呼んで……失礼、工作部長、説明して」

狼群妖虎は一呼吸おいて話し始める。

「おわかりと思いますが、これは少なからず推測を含みます。しかし、実験方針を立てる指標になりうると思います。

まずボイドでどうして、セラエノ星系とアイレム星系の間でのワープとなり、地球へは戻れないのか？　それは宇宙船が、アイレム星系もしくはセラエノ星系という恒星の近傍、言い換えれば、ボイド内で大きく質量が偏在している場所からワープを始めているためです。

セラエノ星系から出発すれば、近傍空間に存在する巨大質量はアイレム星系しかない。だから二点間の移動しかできません。

しかし、セラエノ星系とアイレム星系の共通重心からワープすれば、ワープアウトできる巨大質量はボイドの外にしかありません。そこにワープアウトできたなら、ボイドからの脱出は可能と思われます。

もちろん共通重心からどこへ出るのか、それはルートの再調査が必要になるでしょう。人類の植民星系に出るまでに、何度も宇宙船を飛ばさねばならないかもしれません。ですが、可能性は残されています」

西園寺も艦長職であるから、ワープ航法についての一通りの知識はある。それから考えれば、妖虎の仮説は少なくとも矛盾はない。

じっさい星系によっては、恒星と惑星のラグランジュ点に宇宙港を置くようなところもあり、それからすれば連星の共通重心をワープの開始座標とするのはあり得ない話ではない。ただ人類の植民星系には連星系がないため、ワープできるというのは多分に推測の域を出ない。

それでも妖虎の仮説は、理論的に考えて不可能な話ではなく、希望を持たせてくれるものだ。

「エレンブルグ博士、いまの狼群機関少佐の仮説をどう評価しますか？」

夏艦長が真剣な眼差しで尋ねる。地球への帰還ができるかどうか、偵察戦艦青鳳にとっては何より重大な問題だ。

その点は西園寺も同じであるが、あちこちの星系を移動する生活が長いため、夏艦長よりも地球圏への執着は薄い。津軽の乗員たちも程度の差はあれ、似たようなものだった。心のどこかに、いざとなれば適当な星系に腰を落ち着ければいいという想いがある。

「現時点で地球圏へ戻れるとしたら、狼群博士の仮説が最も妥当だろう。問題はむしろ、共通重心に如何にしてワープするかにあると思う。セラエノ星系にせよアイレム星系にせよ、恒星に近い場所では、共通重心ではなく質量の大きな恒星側に引き付けられるだろう。さりとて実験のためだけでの二・五光年の移動は、ワープが使えない中では現実的ではない。少なくとも根本的なアプローチの改革が必要だ」

「それなんですけど……」

松下が初めて発言する。普段は艦長の西園寺さえ歯牙《しが》にも掛けない雰囲気なのに、今回は妙に大人しいのは「妖虎先輩」がいるためか？

「これは仮説の域にならない思いつきですけど、ワープ宇宙船二隻で制御されたニアミスを起こせば、二・五光年の距離を弾《はじ》き飛ばせないでしょうか？　通常の宇宙では困難かもしれませんが、ボイドの特殊環境なら他星系の干渉がないことで、そうしたことも可能かもしれません」

妖虎が松下に何か囁くと、彼女は本当に嬉しそうな表情を見せた。松下は明石に行ってしまうのではないかと、西園寺はまたも考えさせられる。

「我々の考えが正しければ、座標を地球にセットしても、ワープアウトするのはセラエノ星系で、時刻はいまの時間とほぼ同じだ。ただし出発時間よりは後だ。

本格的な調査計画を立てるため、ワープ前に天体観測とセラエノ星系からの電波信号の傍受をしたい。時刻信号を傍受することで、色々と解ることもあるはずだ。津軽のデータと比較すれば、精度も期待できる」

天体観測や信号受信を拒否する理由もなく、涼狐艦長の指揮により工作艦明石は一連の作業を行なった。生憎《あいにく》と偵察戦艦青鳳のようにセンサー類は完備していないので、できることには限度があったが、基礎データの収集はできたらしい。

「意外にセラエノ星系からの電波信号が傍受できてますね」

松下運用長は、自然に明石のブリッジに溶け込んでいた。クレスタ級輸送艦をベースにしているものの、AIの機能はかなり改造されており、経理部長の沙粧エイドリアンと艦長の狼群涼狐の二人で、船務長の仕事を分担している形である。

これは工作艦での船務の中心が、内部の工場管理の事務方であり、経理部管轄が中心であることも大きいようだ。そんな明石のブリッジで、松下は沙粧や狼群の中に自然に入り込んでいる。それを止める者もいない。はたして輸送艦津軽に松下を戻すことが艦長として正しいことか、西園寺は自問する。

それでも工作艦明石がセラエノ星系に戻る時には、艦内は緊張した空気に包まれる。津軽が戻ったという事実と、理論面からも無事に戻れるはずだった。しかし、ボイドでワープに関して何か異変が起きているのも事実であり、理論そのものが間違っている可能性がある。そう楽観的にもなれない。

遅すぎるかもしれないが、松下を含む三博士にしても、調査に同行して良かったのかという疑問はある。もしも帰還に失敗すれば、セラエノ星系はワープ航法に関する貴重な専門家を三人も失うことになるからだ。

「提案ですけれど、津軽で行なったように、我々が何をしてきたかのログをセラエノ星系に送るべきではないでしょうか。最悪の事態があったとしても、その通信により何が起きたのかを知ることができますから」

もうじきワープをするというのに、どうして松下はここでこんなことを言うのだろう。西園寺は松下運用長の空気の読めなさを思った。しかし、提案自体はまともだ。津軽でも同じことを行なった。失敗を前提に考えるのは、運用長ゆえなのかもしれない。

それでも工作艦明石も夏艦長もこの提案には好意的で、すぐに通信がセラエノ星系に送られる。こちらはワープでもなんでもない電波信号だ。受信できるのは五年後。

ただ、いまとなってはありがたいボイドの特性は、星間物質密度が極端に低いために、電波信号の減衰もまた少ないことだった。他の星系なら透過性の高いマイクロ波で恒星間通信を行わねばならないところを、ボイド内ならマイクロ波はもちろん、レーザー光線でも顕著な減衰は起きなかった。

それらを送信し、工作艦明石はワープする。そしてワープアウトしたのは、セラエノ星系の惑星レア周辺の領域だった。時刻はワープ実行時の数秒後だった。

「セラエノ星系とアイレム星系の間はワープ可能なのか」

西園寺は、ボイドから脱出できそうにないとわかった時点で、考えねばならないことがあった。輸送艦津軽と自分たちは何をすればいいのか？　二つの星系のうち、人類はセラエノ星系にしか住んでいない。地球圏に戻れないなら、輸送艦の存在意義はないからだ。

「こんな形で船員をリタイアすることになるとは思わなかったな」

西園寺はそんなことを思いながら、惑星レアの姿をブリッジのスクリーンで見ていた。

新暦一九九年九月一五日・首都ラゴス

「現在、ボイドから地球圏へのワープは不可能と思われる」

偵察戦艦青鳳からアーシマ首相に最高度の極秘通信が届いたのは昨日のことだった。夏艦長は明石や津軽の艦長らに提案し、当面は、乗員を地上に下ろさないことで同意が取れたという。

アーシマ首相はすぐに夏艦長へ、適切な判断に感謝する旨を伝えた。現在は、明石と青鳳はドッキングし、アイレム星系での情報を分析しているという。セラエノ星系の電波がどのように受信できたか、そこに今回の事態を説明するヒントが埋もれていないとも限らないからだ。

何よりも重要なのは、地球圏とのワープ不能状態が一過性のものか、恒久的なものかの判断だ。

これが長くても数ヶ月程度で解決する現象なら、セラエノ星系市民全体に状況を説明し、生活必需品の配給や星系経済への手当をすれば済む。それとて簡単なことではないが、通常の行政実務の延長にある。

しかし、恒久的な現象であるとの結論が出たならば、話はまったく変わってくる。外部からの救援が期待できない状況で、セラエノ星系市民一五〇万人の文明生活をいかに維持するかという重大な問題が生じるからだ。

幸いにもこの問題を検討するための基礎データは揃っている。セラエノ星系に限らず歴史の浅い植民星系については、地球圏との交通が途絶した場合の危機管理の研究が義務付けられていた。外部への依存度が高い星系は、交通の途絶が原因で植民地が全滅しかねない恐れがあるからだ。

ただ外部との交通途絶は、ワープができなくなることではなく、感染症の拡大抑止とか、経済変動に伴う貿易途絶などを想定していた。だから前提としては長くても数年程度のものだった。

このため恒久的にワープが使用できない状況までは研究に含まれてはいないものの、セラエノ星系の資源や工業力、人口動態などの基礎データだけは揃っていた。

アーシマは第一政策秘書のハンナに、閣議で議論のたたき台になるシミュレーションの作成を依頼した。短期的なものはすでに出来上がっているので、作成するのは長期的な影響となる。

そして〇八〇〇からアーシマを交えてのブレックファストミーティングが始まる。ハンナと彼女のスタッフは仕事内容から考えるなら、ほぼ徹夜のはずだが、服装には一分の隙もない。おそらくAIを活用して、効率的に作業を進めたのだろう。アーシマ首相にとっては無駄に徹夜するより、そうした仕事のやり方のほうが望ましい。

「恒久的な交通遮断とのことでしたが、まず前提として、遮断状態がいつ終わるのか、その情報は入手できないとしています。この情報の有無は社会環境を大きく左右しますが、状況から判断して入手不能としました」

そうしてアーシマの網膜にグラフが投影される。

「社会変動の流れとして、概ね一年、五年、一〇年、五〇年、一〇〇年以上に区分されています」

アーシマはそのグラフには見覚えがあった。

「交通遮断から一年については過去にシミュレーションがあったはずだけど、同じじゃないの？　社会変動の具合はかなり大きいけど」

「過去のシミュレーションは、交通遮断の理由も、遮断期間も予測がつくという前提です。パンデミックなり政情不安などが原因であるとされ、ワープ航法そのものは可能であり、遮断の原因は告知されることになってます。

しかし、今回はなんの情報もなく交通が遮断するという想定です。つまり、いつ交通が回復するかの情報がない状況で、一〇〇年以上孤立化が続いた場合に、一年、五年、一〇年、五〇年のそれぞれの段階でどうなるかの予測です。その意味ではシミュレーションは一つだけとも言えます。一つのシミュレーションの時代ごとの断面という意味で」

「なるほど。しかし、どうして五年ごととか一〇年ごとではなくて、時間の区切りがまちまちなの？」

アーシマは、ハンナがそうした分析をしたからには然るべき根拠があることは予想がついた。ただ、それは彼女に不吉な印象を与えていた。

「時間区分の基準は、セラエノ星系が地球圏からの輸入に依存している物資の消耗時期や耐用年数に相当します。

耐久消費財には該当しないものを使い切るのが一年、平均的な耐久消費財の消費期限が五年、一般的な生産機材の耐用年数が一〇年、五〇年は惑星レアの基礎インフラの寿命、そして一〇〇年というのは、自給自足体制が確立し、安定化した状態を意味します。なので一〇〇年という数字そのものにはさほど意味はありません」

「ともかく、一〇〇年という数字を議論できるということは、全滅という想定までは考えなくてもいいということね」

アーシマの意見に賛成であれ、反対であれ、いつもなら的確な反応を返すハンナも、この時だけはなぜか明確な反応を見せなかった。

「全滅の可能性は常にあります。都市部への人口集中が高い惑星レアは、ラゴスとアクラの二都市だけで総人口の八六パーセントが居住しています。なので都市部の電気、ガス、水道が止まっただけでも数多くの人命が失われます。このシミュレーションの前提は、全滅回避策の検討です。

まず、ワープの回復が一年以内であれば、社会的な影響は限定的にとどまります。市民の多くに正常化バイアスが働くので、突然の交通遮断は一時的なもので、すぐに回復すると解釈する傾向があるわけです。ですから一年以内であれば、大きな混乱は起きません」

アーシマは、今更ながらこのシミュレーション結果を公表する場合、自分がそれを行う立場であることに気がついた。とはいえどう公表するのかは、まだ彼女の中でも固まっていない。情報がない点では自分たちも市民と同様だ。しかし自分たちは、その中でも市民に社会の進むべき方向性を示さねばならない。

それが多くの反対を受けることになってもいい。市民との議論の中で、方針は適切に、あるいは納得できる形に修正されよう。重要なのは、議論の叩き台となる自分たちの方針がブレるわけにはいかないということだ。

政府の方針が混乱しては、適切な提案を受け入れることさえできなくなる。

「我々にとって、試練の時期は交通途絶の五年から一〇年です。地球圏から輸入している安価な生活雑貨、そうしたものの八割以上は、五年以内に使えなくなります。

もちろん単純なものであれば、三次元プリンターなどで生産可能です。しかし、現在の我々の生産力では日常生活の雑貨のすべてを生産できない。需給バランスが取れていない。だからこそ輸入に頼るわけです。

故障品の修理にしても、手間がかかりすぎてほとんど助けになりません」

「修理なんかは、故障した部品を三次元プリンターで製造するだけじゃないの？」

「残念ながら、三次元プリンターで製造される機材は、何世紀も前のようなネジもボルトも必要とせず、複雑な機構が部材の中に組み込まれている。それにより究極の小型軽量を実現している反面、分解修理は不可能です。三次元プリンターで修理を考えるより、消耗品の再生産を考えるほうが現実的なんです。

そして生活雑貨の減少から、三次元プリンターそのものの損壊時代に突入します。地球圏からの補給がないために、一〇年後には生産基盤そのものが減少します。

一〇年の間に緩慢ではありますが、着実に生活水準の低下という問題に直面します。それは市民の不満を生み、政治的に不安定な時代を迎えます」

「物資の統制で、生活水準の低下を可能な限り遅らせることはできないの？」

アーシマは、それが政策としては劇薬という自覚はある。畢竟《ひっきょう》、政治とは資源分配の権力である。それが市民への公正で平等な分配を目的としても、政府による資源の一元管理は、全体主義は言い過ぎとしても、民主主義体制の危機ではある。

「残念ながら、生産力の絶対数が需給関係を満たせないので、焼け石に水でしかありません。むしろ物資の統制は政治的混乱を拡大しかねません」

ハンナはあくまでも冷静に説明するが、それは冷静というより、彼女自身、自分たちの分析結果に対して、感情を凍結させているようにアーシマには思えてきた。

「この混乱を抜け、五〇年後には上下水道や送電網などの基礎インフラの老朽化時代を迎えます。宇宙港は維持できず、宇宙船もほとんどが使用不能となるでしょう。この時代は最大の試練であり、またチャンスでもあります。あくまでも我々が文明人として生きるための」

「どういう意味？」

「惑星レアには未開拓の資源がある。エネルギーにしても、核融合が不可能でも化石燃料があり、あるいは一五〇万の人間が生きるだけなら、薪《たきぎ》を燃やしてもいい。太古の内燃機関、あるいはそれ以前の蒸気機関のような、我々の工業基盤で維持管理できるところまで技術力を下げ、その上で都市機能を作り替える。

幸いにも我々には知識があり、膨大な情報を蓄えたデータベースだけは、一〇〇年でも二〇〇年でも稼働するように作られている」

「文明を二歩前進させるため、一歩後退する、そういうことね」

アーシマの言葉に、ハンナは驚くような表情を浮かべながら肯定した。しかし、アーシマは自問する、自分はその言葉をどこまで信じているのかと。

5　セラエノ信号

新暦一九九年九月一六日・宇宙港

アーシマ首相の第一秘書であるハンナ・マオは、数人のスタッフとともに、目立たぬようにうに宇宙港に到着していた。ウーフーをシャトル栈橋にドッキングさせ、軽巡洋艦コルベールのドッキングポートに向かう。

「政府の緊急輸送とはなんです？」

出動準備があまりにも突然であったためか、コルベールの座間譲艦長は直々《じきじき》にハンナを出迎えた。

ハンナが首相の重要な政策スタッフであることは周知の事実だが、彼女自身には公的な命令権は何もない。命令権が与えられるとしたら、首相が何か特定の問題に関して首相代行の権限を付与した場合だが、これとて時後に議会の承認を得ねばならない。

しかし、アーシマ首相が座間艦長に命令を発し、それをハンナが監督し、命令の詳細を説明することは認められていた。これは命令内容が明確で恣意的な運用ができないものに限られていたが、「命令の詳細を説明する」という部分はグレーゾーンであった。

つまり命令の大枠は不動であったとしても、言葉である以上はどうしても曖昧な部分が残り、そこに説明者が命令に介入する余地があったため、最終的には監督役の倫理観と人間性に左右された。つまりは権力の自由裁量には、同じ大きさの責任が伴うということでもある。

「広義の調査活動です。コルベールを、指定したパラメーターの座標にワープさせてください」

ハンナの身分がコルベールのAIにより認証されると、首相からの命令が読み取られ、座標が設定される。座間はそれを艦長の責任で確認するが、地球の座標である。地球に戻るだけのことで、この仰々しさは何かと思ったが、政府なんてそんなものなのかもしれない。

準備を整え、地球に向けてワープする。ハンナたちにも部屋を用意したが、ハンナだけはブリッジに残った。

そしてワープアウトのカウントダウンが始まった。

セラエノ星系には、地球から訪れる輸送艦を除くと、恒星間航行が可能な宇宙船は五隻しかなかった。一隻は工作艦明石であり、他の四隻はコルベール、カナリアス、香取《かとり》、寧海《ニンハイ》の軽巡洋艦だ。

軽巡洋艦とはクレスタ級輸送艦をベースに武装を施したものであり、宇宙軍の主力艦艇だったが、名前とは裏腹に武装商船と呼ぶほうが適切な代物だった。

植民星系が誕生して二世紀ほどになるが、いまだに地球外文明との接触もないため強力な軍艦を建造する理由もなく、植民星系の治安活動なら、この程度で十分だからだ。

クレスタ級輸送艦で、船倉の容積を縮小した分、船外コンテナモジュールを装備できるようにしたのが軽巡洋艦だ。これにレーザー光線砲とか大型対艦ミサイルの類《たぐい》の船外兵装コンテナを装備すれば、戦闘艦の出来上がりだ。だから兵装コンテナ以外は輸送艦のままだ。

軽巡洋艦とは別に、星系内のワープしかできない駆逐艦という艦艇もあり、こちらは救難や警察活動用の武装宇宙船で、ベースとなる船体も軽巡ほど統一も取れていない。軽巡が全長四〇〇メートルに対して、駆逐艦は半分の二〇〇メートル程度しかなかった。

セラエノ星系政府が、軽巡洋艦隊としてこれら四隻を保有しているのは、治安維持のための暴力装置としてよりも、政府直轄の輸送艦を確保する意味のほうが大きかった。

地球圏の植民星系に関する法律により、植民星系政府は軽巡洋艦を最低でも四隻保有することが義務付けられていた。しかし入植からの歴史の浅いセラエノ星系では、出番の少ない軽巡四隻の維持は財政的に負担であった。

これもあって乗員はどの軽巡も慢性的に定員割れで、半数くらいしかいない。平時の運用では、他の軽巡の乗員を訓練も兼ねて一隻に乗せ、順番に航行させていた。これさえも訓練というより、故障しない程度に定期的に動かしているのが実情に近い。

ちなみに単なる巡洋艦ではなく、軽巡洋艦という分類なのは理由があった。宇宙軍には武装した輸送艦ではなく、最初から戦闘艦として最適化したワープ宇宙船を開発したいという積年の願望があり、それが実現した時には重巡洋艦という分類を与えることが決まっていた。重巡洋艦は未だに実現していないが、軽巡洋艦という分類が残っているのは、宇宙軍が諦めていないためだった。

ただ、純粋な戦闘用宇宙船の開発はあまり支持されていない。必要とされる状況が考えにくいのと、セラエノ星系のように軽巡の保有さえ持て余すところがあるのだ。このように戦闘艦の保有は小規模星系では財政問題と不可分であった。コルベールが今回選ばれたのも、すぐに使える軽巡洋艦が他になかったためだった。

「地球じゃないだと！」

軽巡洋艦コルベールのブリッジは、ワープアウトから三〇秒と経過しないうちに大混乱に陥った。ワープアウトした星系は太陽系ではなく、それどころか既知のいかなる星系とも一致しない。

「航法AIの天測結果では、ここはアイレム星系です！」

「どうやって隣の星系にワープアウトできたんだ！」

座間艦長は、船務長に思わず怒鳴っていた。そんなことはあり得ない。それより不気味なのは、第一秘書のハンナの落ち着きぶりだ。

「艦長、ここは太陽系でも地球でもないのね？」

「AIはアイレム星系と言っていますが……」

「わかりました。ならセラエノ星系に戻りましょう。それとコルベールのワープ航行ログは政府管理下に入ります。また宇宙港での生活には基本的に制約はありませんが、惑星レアとの通信に関しては、緊急事態プロトコルが適用されます」

それは座間艦長にとって驚きだった。通信の緊急事態プロトコルの適用とは、政府公認の内容しか流せないという事実上の検閲だ。

「あなたは、いや政府はこうなることを予測していたのか？」

座間艦長はハンナに詰め寄るが、彼女はそれくらいでは動じない。

「可能性の一つとして検証が必要だった、とだけお答えしましょう。艦長は、緊急事態プロトコルの適用を強権的と判断なさるでしょう。しかし、この実験の意味するところをお考えになれば、政府の命令に合理性があることは理解していただけるものと信じています」

最初、座間艦長はハンナが何を言っているのか、よくわからなかった。というより、事態が何を意味しているかよりも、首相秘書の強権的とも受け取れる発言に反発したためだ。

しかし、明らかに地球に向かうはずのワープ航法のパラメーターで、アイレム星系に到達したことの意味に、彼はようやく事態の深刻さに思い至った。政府が密かにアイレム星系への航路を開拓したとかそういう問題ではないのだ。

アイレム星系へのワープアウトは結果であって、問題の本質はそこではない。地球行きのパラメーター設定でも地球に到達できないという点にある。つまり、セラエノ星系は地球との交通が途絶した可能性がある。

多くの工業資源を地球圏からの輸入に依存しているセラエノ星系で、地球との貿易ができなくなれば、深刻な社会的動揺が起こるのは間違いない。政府が強権的に情報統制を図ろうとするのもわかる。

ただ座間艦長としては、政府がそうした判断をするのは理解できる反面、それでも支持し難いと思った。そもそもこれだけの重大事件を政府が隠蔽しようとしても、隠し果《おお》せるはずがないのだ。

もちろん正式な命令には従う立場ではあるが、それでも意思表示はできる。

「命令には従いますが、地球とのワープが不可能であるという重大な事実なら、セラエノ市民は等しく知る権利があるのでは？」

それに対するハンナの返答は、座間艦長の予想とは違っていた。

「おっしゃる通りです。セラエノ市民はこの事実を知る権利もありますし、それはこの星系で生きるからには義務とも言えます。

ただ、政府としては二つの問題を見極めねばなりません。一つは、本当に地球にワープできないのか？　すべてのパラメーターをセラエノ星系だけでは検証できないとしても、可能な範囲での検証は必要です。その上で可能か不可能かを判断しなければならない。

もう一つは、ワープ不能として、それはいつまで続くのか？　宇宙のスケールは人間とは違う。こうして話している間にもワープ可能に戻ってるかもしれませんし、ワープができない状態が一〇〇年続くこともあり得ます。一〇〇年など、宇宙のスケールでは一瞬です」

「つまり検閲は、それらが確認できるまでと？」

座間はあえて検閲という強い言葉を使ってみたが、ハンナはそうした挑発には乗らなかった。

「セラエノ星系政府の手持ちの機材と人員では、可能な調査にも限度があります。言い換えれば、我々は不完全な情報の中で、可能な限り最善の策を模索しなければならない。

確実な情報を見極め、不確実な情報がどこまでの危険を孕《はら》んでいるかを予測した上で、対応策を用意しなければなりません。政府に対応策がない状況で、市民に不確実な情報を公開することは、社会の混乱を生み、それにより犠牲者さえ出るかもしれない。そうした事態を避けねばなりません。

それはご理解いただけますか、艦長？」

「わかりました」

話はもっともだと座間艦長は思った。しかし、どうにも綺麗事すぎる気もした。来年は選挙の年であり、アーシマ首相は続投しないことを宣言しているが、いままでのように現ラゴス市長の哲秀が次期首相になるかどうかは不透明な状況だ。

こうした中で地球との交通が遮断されているかもしれないという大事件が、選挙に影響しないとは断言できまい。ただそれも言ってしまえばゲスの勘ぐりだ。真実は政府の陰謀などではなく、ただ自分がつまらない人間というだけのことかもしれない。

一つ明らかなのは、命令に逆らう根拠は自分にはないということだけだ。

「命令では、問題が生じたら即時帰還せよとのことですが、それでよろしいですか？」

「帰還します。ただ命令文の付属ファイルにしたがって天体観測を行なってください。事態解明のヒントがつかめるかもしれませんから」

確かに命令文には、そうした付属ファイルがあった。問題が生じた場合にのみ閲覧となっていた。そして、そこにあるのは必要な天体観測手順である。

天体観測はコルベールのＡＩに行わせる。そうして客観的なデータを取るためだ。

それが終了し、軽巡洋艦コルベールはセラエノ星系にワープアウトした。

新暦一九九年九月一八日・軌道ドック

惑星レアの軌道ドックは、宇宙港が高度四五〇キロなのに対して、四五〇〇キロの軌道にあった。両者の周期は二対一の関係にあり、軌道ドックが三時間ほどで惑星を一周する間に、宇宙港は二周した。

セラエノ星系の保有する四隻の軽巡洋艦と三隻の駆逐艦は、宇宙港ではなく軌道ドック に停泊するのが常だった。ただ施設としては宇宙港よりも小さい。細長い全長一キロほど の居住施設を兼ねた直方体が横に二つ並び、それらの上面と下面がそれぞれ二本の梁で結 合されるという単純な構造だ。居住施設には観覧車のような直径五〇メートルのリング状 のモジュールがあり、この部分だけが回転することで内部に擬似的な重力を与えていた。 ただ施設全体の中では目立つ存在ではなかった。

ドックとはいうが通常整備ができる以上の設備はなく、大規模な修理は工作艦明石によ って行われる。しかも貧乏星系の苦肉の策で、軌道ドックの電力や生命維持設備は、ドッ キングベイを介して二隻の巡洋艦から賄《まかな》われていた。

戦闘艦は七隻しかないが、軌道ドックは設計上、施設の上面と下面にそれぞれ三列二段 の六隻ずつ、クレスタ級輸送艦が停泊できるようになっていた。これは宇宙港が改装工事 で使用不能になった場合に、代替施設として転用するためのものだった。

そんな軌道ドックには、偵察戦艦青鳳と工作艦明石、そして輸送艦津軽の三隻が宇宙港 から移動していた。これは情報管理のためと、ワープ航法が不可能となった原因解明のた め、高性能艦を集約する意味があった。

そして軽巡洋艦搭載のスーパーコンピュータを青鳳のAIと連結するなどして、即席の研究施設が組まれていた。軌道ドックの居住区には余裕がないため、接舷した宇宙船の集合体で一つの研究施設となるわけだ。恒星間航行用のワープ宇宙船は、輸送艦でもスーパーコンピュータが搭載されている。ワープ航法のパラメーター設定という複雑な計算は、スーパーコンピュータなしでは不可能だ。

ワープ航法の原理と何らかの関係があるのか、量子コンピュータによるパラメーター設定は、最適値が定まらないという致命的な問題があるため使われてはいない。

こうして組まれた研究施設の中枢部は、工作艦明石の工作部の中に特別に用意された。電力もスーパーコンピュータの性能も、明石には十分な余裕があった。スーパーコンピュータの能力では青鳳を用いるという意見もあったが、戦艦といえども無駄な容積はないことと、機密管理の煩雑さから明石が選ばれたのである。それにネットワークさえ組めば、スーパーコンピュータ本体はどこにあっても関係ない。

作業自体は単調で、ワープ航法のログの解析と、アイレム星系での天体観測や電波受信の分類である。当面は恒星セラエノと恒星アイレムの共通重心の位置の絞り込みと、その空間の特性の分析だった。共通重心がボイドの中でどんな運動をしているかは、ワープ航法に直接影響する条件だからだ。

これはボイドが誕生したのが巨大な超新星爆発のせいなら、ブラックホールが生まれた可能性があるからだ。いままでボイドにはセラエノとアイレムの二つの星系だけと考えられていたが、ブラックホールが存在したら、それによりワープ航法のパラメーターが影響を受けて地球に戻れない可能性があると、エレンブルグ博士より指摘されたためだ。

「ブラックホールは無いようですね」

狼群妖虎の視界の中に、アイレム星系で傍受したセラエノ星系の電波信号の分析結果が出ていた。

妖虎は自分の部屋にいた。明石の艦内なら、工作部長である彼女はどこにいても必要なデータにアクセスできる。損傷艦船の修理なら現場に出る必要もあったが、ただただデータを解析するだけなら、どこにいても同じである。

二つの星系の共通重心は比較的早い段階で突き止められたが、その周辺にブラックホールがあるかどうか、その解析が行われていた。

しかし、電波信号の状態からしてブラックホールが存在する可能性はほぼなかった。

「まぁ、そうだろうな」

エレンブルグ博士は自室ではなく、明石艦内に臨時で造られた施設の中枢部にいた。彼にはそこが落ち着くのだろう。近くには彼のスタッフもいるようだ。

「博士はブラックホールの存在を信じていなかったんですか？」

「願望はあったよ。ブラックホールがあって、それが問題の理由なら、パラメーターを再設定するなり、それが星系を飛び去ってくれる時間を計測すればいい。

しかし、仮にブラックホールが存在していたとして、セラエノ星系とアイレム星系の往復しかできない理由を説明するモデルがない。だからブラックホールが存在しないというのは、私には納得できる事実だよ」

妖虎には、エレンブルグの言葉の端々に疲労の色が感じられた。地球ではワープ航法の第一人者と言われ、政府から偵察戦艦青鳳に科学主任として乗り込むことを依頼された、ミコヤン・エレンブルグ博士。

彼には彼なりの自負があっただろう。しかし彼が味わったのは、敗北感、あるいは無力感だろう。ボイドの中で何が起きているのか、仮説さえ立てられない。ブラックホールの件も、一種の悪あがきであると彼自身が感じているのだ。

「おそらく、ボイドから地球には行けないのと同時に、地球からもボイドには入れないのだろう」

「なぜ、そう言えるんですか？」

妖虎の問いに、エレンブルグは何かを諦めたかのように話す。

「艦隊というのは戦艦一隻で行動するものじゃない。もしも青鳳が五日以内に地球へ報告に戻らなかった場合、調査継続の支援のため軽巡プラハと輸送艦セバストポリが到着することになっていた。しかし、どちらも到着していない。つまり地球からボイド内にも入ることができないということだ」

それは妖虎も初めて耳にする話であったが、納得はできた。情報伝達が宇宙船を往復させるしかない状況では、期日までに報告に戻らない宇宙船に対しては、帰還できない状況にあると判断し、支援のための宇宙船が準備されることがある。

ただ、現実問題としてそこまでの準備を必要とする調査計画はまずない。にもかかわらず、そこまでの準備を事前にしていたということは、地球圏では、セラエノ星系で起きている分単位のワープ誤差に深刻な問題の兆候を捉えていたことになる。

もっともそれは、地球圏には調査にそれだけの資源を投入できる余力があるということでもあろうが。

「ただ、それはある意味で好都合だろう」

エレンブルグは言う。

「地球圏からもボイドにワープできないことの、何が好都合なのですか？」

「つまり地球圏もボイトの異変をすでに知ったはずだからだよ。プラハもセバストポリもボイド内へワープできないとなれば、それは個々の宇宙船の不都合ではなく、ワープ航法そのものの問題だ。

地球圏はこの問題を放置することはないだろう。問題を解決することが、ワープが可能な原理を解き明かすことにつながるかもしれないからな。そしてセラエノ星系より地球圏のほうが専門家も機材も圧倒的に豊富だ」

「我々が何もしなくとも、地球圏が救援に来てくれると？」

妖虎にはあまりにも楽観的すぎると思われた。しかし、それは違っていた。

「それが我々の希望じゃないか。希望さえあれば、人は倫理観を持ち続けられる」

エレンブルグは楽観的に言っているのではなく、むしろ地球圏からの救援には悲観的なのだ。自分たちはセラエノ星系に止《とど》まらねばならないからこそ、社会が無秩序に墜ちぬために希望が必要だ。彼はそう言っているのだ。

妖虎がそれに対して、どう答えようかと思っていると、彼女の部屋で自分のタブレットAIを操作していた松下が声を上げる。軌道ドックにも居室は用意されているが、松下は当然のように妖虎の部屋に入り込んでいた。妖虎自身も信頼できる後輩を追い出そうとは思わない。松下並みにワープ工学に精通したエンジニアはそうはいない。

「先輩、おかしな電波を傍受してますね」

「おかしな電波って？」

松下は妖虎にデータ転送の許可を取ってから、網膜にデータを表示させる。いきなり投影するのは不躾《ぶしつけ》と考えてのことらしい。

「セラエノ星系から送信されているデータの中に、明らかに人工電波源なのに、該当するフォーマットがないものがあります」

確かに松下の言うとおりだった。指向性が高く波長の長い電波がセラエノ星系から送られている。当然のことながら、この電波は常に傍受できたわけではない。津軽や明石などアイレム星系にワープアウトした宇宙船で傍受できたのは、特定領域にいる場合だけだった。これは電波の指向性の強さで説明できる。

「指向性が強いのはわかるけど、電波の進路上に惑星はないわね」

傍受した時の宇宙船の位置関係をプロットすると、比較的狭い角度に収まっていた。とはいえ五光年の隔たりがあるので、このデータだけで送信地の特定はできなかった。ただアイレム星系は惑星が三つしかないこともあり、電波が通過する領域に惑星はなかった。

「アイレム星系の惑星バスラは生命の存在が予測されてますけど、知性体は確認されていないんですか、先輩？」

「確認されてはいない。ただ、調査らしい調査も行われていない。今回のことがなかったら、セラエノ星系からアイレム星系にワープすることはできなかったから。

いまのところ惑星バスラには水も空気もあり、葉緑素なども大気中に観測されているので、生命はいるだろうというレベル。人口一五〇万の社会で天体観測の余力は大学以外にはないに等しい。

それもあって文明の類が存在する証拠は観測されていない。セラエノ星系の入植時から惑星バスラの表面はほとんど変化がないから、知性体が誕生していたとしても、惑星全体に大都市を建設する水準にはないらしい。解像度の問題はあるけど、夜になって惑星の明るさが変化することもない。

要するに文明が存在する証拠は何一つ発見されていないけど、存在しないことを証明できるほど惑星バスラのことはわかってはいない。そんなところ」

セラエノ星系に限らず、六〇近い植民星系のほとんどが、近隣の天体観測には消極的だった。継続的な天体観測を行えるだけの組織と人材が足りないのが一つ。これと関連して地学関係の専門家は、植民惑星の調査などに忙殺され、他の天体まで観測していられないという事情がある。ここは表裏一体の問題だった。

もう一つの理由は、植民星系のどれもが人類が生存できる惑星環境を持ちながら、多少賢い動物は何種類か見られるものの、文明を構築するような知性体とは未だに遭遇していなかったことだ。

天体観測の動機の一つが地球外文明の探査にあったわけだが、生命発生から知性体誕生の間には越えられない壁があるというのが、人類全体の基本認識となりつつあった。

「その規格外の電波信号ってどういうものなのだね？」

そうエレンブルグが尋ねてきたことで妖虎は、松下が自分にしかデータを送っていないことを知る。妖虎が顔を向けると、松下は大急ぎでエレンブルグともデータ共有を行なった。

「確かに人工的な信号に見えるが、こんなフォーマットはないな。それに、これが通信信号としたら速度はかなり遅い。衛星の低利得アンテナレベルの速度だな」

エレンブルグが指摘したことは妖虎も気がついていた。何かの装置からのノイズの可能性は、五光年先の星系でも傍受できた点で考え難い。しかし、公式なビーコンなどとは別にこうした信号を送っている団体はない。そもそも受信する相手もいないのに電波を送る必要がない。

「この信号ですけど、セラエノとアイレムの速度成分を考慮して、ドップラー効果から送信源の速度を分析してみました。周期一二年くらいの楕円軌道と仮定すると、電波源の運動は説明がつきます」

「セラエノ星系最大のガス惑星、ビザンツがその条件に当てはまるんじゃないか？」

エレンブルグはそう言ったが、松下が反論する。

「巨大惑星から電磁波が放出されるのは珍しくありませんけど、これは、その手の惑星由来の電波には該当しません」

「ビザンツの周回軌道に投入された衛星なら？」

「それならビザンツの公転軌道と、衛星がビザンツの周囲を回る衛星軌道の合成速度で、周波数は変化するはずです。しかし、そこまで複雑な運動はしていない」

「セラエノとビザンツが作り出すラグランジュ点に送信設備があるということ？」

「さすが先輩、その通りです」

松下は肉声と仮想空間の両方で妖虎に言う。

「いま受信したということは、少なくとも五年以上前に、そういう設備を投入した何者かがセラエノ星系にいるということよね」

妖虎は松下の仮説に合理性は認めつつも、衛星の存在には半信半疑だった、そのような衛星の話など聞いたことがないためだ。ただ、それでも否定できないと思うのは、電波を送信するだけなら、小規模のグループでも実現可能だ。星系内なら比較的自由にワープできたから、惑星ビザンツのラグランジュ点にそうした衛星を投入するのは不可能じゃない。

そう考えると、この未知のフォーマットの低利得通信の意味も見えてくる。セラエノ星系にも、人類以外の文明の存在を信じる人々はいる。そうしたグループの中には、他星系に向けて電波を送信しようとするものも珍しくない。

アイレム星系に電波を送信するのは、そうした象徴的な意味合いだろうし、だから電波の進路に惑星がなくても構わないわけだ。フォーマットが独自なのも、異星人を想定したマトリクス信号の類と解釈すれば説明はつく。ただ、私的なグループが製造できる衛星の大きさには限度がある。使える電力にも制限があるなら、消費電力の少ない電波信号を選んだのだとも解釈できる。

これがアイレム星系からの電波なら大問題だが、送信源がセラエノ星系なら、さほど驚くようなことではない。ただ、このような衛星がラグランジュ点に設置された記録の有無は確認したほうがいいだろうが、ワープ航法ができなくなった原因解明には直接役に立つようなものでもないだろう。

「まぁ、しかし、この信号についても報告はしておきましょう。以降の調査でまた傍受するかもしれないから」

こうして、このセラエノ星系からの信号は、便宜的に「セラエノ信号」と呼ばれることとなった。

新暦一九九年九月二〇日・前方ビザンツ点

セラエノ星系にはレオーネ、セラ、潮《うしお》の三隻の駆逐艦があった。駆逐艦とは、機関出力の制約から星系内の航行しかできない武装した宇宙船の総称だ。

恒星間航行能力のある大型ワープ宇宙船が、程度の差こそあれ基本的にはクレスタ級輸送艦の改造であるのに対して、駆逐艦の規格はそこまで厳格ではない。機関出力と船体強度が条件を満たし、作業艇を二機以上搭載できて、武装として船外兵装コンテナを一基以上搭載できるなら駆逐艦である。

それでも生産コストと、それ以上に乗員教育の共通化によるコスト削減のために、量産される駆逐艦型は比較的限られていた。

セラエノ星系の三隻の駆逐艦は、もっとも安価なバックレー級である。比較的古い型式の駆逐艦だが、植民星系内ではもっとも普及しているタイプである。

そのバックレー級駆逐艦セラは、セラエノと惑星ビザンツが作り出すラグランジュ点の一つ、前方ビザンツ点にワープアウトした。

「各部門、状況を報告」

駆逐艦セラのキャロル矢沢艦長の命令とともに、各部門からの情報が、艦長用のコンソール画面に表示される。恒星間航行が可能な宇宙船であれば、植民星系の技術では手に負えない複雑な装備品であっても地球圏に行って修理できる。

しかし、駆逐艦ではそうした芸当は無理なので、艦内の情報伝達も巡洋艦などで多用される仮想現実などではなく、各部門が装備する専用コンソールを介してやり取りされる。あとはせいぜい、それらの情報を乗員用の携帯端末に転送するくらいだ。

クレスタ級輸送艦などと比較すると、艦内の情報伝達技術は二世代くらいは遅れている。ただ植民星系開発の影響で科学技術の進歩が停滞気味の今日では、技術水準の格差というより高級品と廉価品の違いという印象のほうが強い。

これに限らず、駆逐艦の艤装品全般が大型ワープ宇宙船より枯れた技術を用いるのは、各星系内の技術水準で修理製造を行えるようにするためだった。星系内では駆逐艦が担うべき業務は少なくない。救難や警察任務、必要なら輸送任務さえこなさねばならない。それだけに自前技術で維持管理できることは重要だったのだ。

「艦長、レーダーに微弱な反応があります」

そう報告したのは船務士のジョニー猿山だった。駆逐艦のブリッジは狭く、艦長の矢沢からみて右手前方に船務士の猿山がいて、左手前方に船務長の今井誠の席がある。ブリッジに席があるのはこの三人だけだ。

機関長と運用長は機関室におり、主計長は厨房で、医務長は医務室で待機している。バックレー級駆逐艦の幹部が艦内に分散しているのは、事故が起きても指揮中枢を失わないためと言われていた。それも嘘ではないが、一番の理由は経済性を優先しているため、宇宙船の重要コンポーネントの隙間を乗員居住区としているためだ。

「微弱な反応ってなんだ？」

矢沢はやや強い口調で尋ねる。彼はこうした曖昧な報告が嫌いだった。微弱な反応と言っても、もう少し情報があって然るべきだろう。

「こういう事例は過去にない反応としか。いま映像化します」

猿山が言うのは、レーダー反応をもとに周囲の状況を再構築するという意味だ。駆逐艦は少人数で多彩な仕事を担うので、船務長の負担が大きい。船務士は船務長に次ぐ立場の人間として補佐する役割だ。誤解を恐れずにいえば、駆逐艦には船務長役が二人いるのだ。

過去にない反応の意味は、レーダー情報の再構築でようやくわかった。レーダーの反射波が極端に低い領域があり、それらは直径四〇〇キロ近い円形を描いていた。

「普通は、この黒く抜けている領域はレーダーの反射波で白く輝くはずなんです。つまりこの領域で電波は吸収されています」

猿山の指摘が正しいなら、この領域にレーダー電波を吸収する存在があることを意味する。

「一番素直な解釈はステルス技術じゃないですか、艦長？」

船務長の今井の意見は矢沢も考えていたが、そうだとするとどうもしっくりこない。

「何十年も前の好事家《こうずか》の道楽を確認しろと言われてきたが、こいつはそんなほのぼのとした話じゃなさそうだな」

駆逐艦セラが前方ビザンツ点に送られたのは、ここからアイレム星系に電波を送信しているらしい衛星を調査するためだ。衛星が送信した正確な電波の特性がわかれば、それがアイレム星系までの五光年を移動する間に、どういう影響を受けたのかを知ることができるからだ。

すでに後方ビザンツ点は調査され、そこには電波の発生源はないことが確認された。そうなれば、残されたのは前方ビザンツ点しかない。

電波の波長は長波帯であった。他の傍受した電波はもっと波長の短いものであり、セラエノ信号の帯域のデータも集めることで、ワープ不能問題について情報が得られることを期待しての調査だ。波長の減衰具合から星間物質密度の変化を立体的に解析したり、波長の微細な変化から重力場分布の違いを知ることを期待しての観測だ。

とはいえ何者か知らないが、こんな波長を選んだことには専門家から疑問の声が出ている。星間物質による減衰を避けようとしたにしても、もっと適切な波長はあるわけで、関係者の中からは「素人が腕力で作り上げたのではないか」という声も出ていた。

これは大学や他の研究機関に問い合わせても、ビザンツ点に衛星など設置したという記録がなかったためだ。記録がないから実在しないとは断言はできないが、少なくともこうした衛星を一切の記録を残さずに展開することは考えにくい。

さらにアイレム星系にまで電波が到達していることから考えると、最短でも五年前、おそらくはそれ以前に設置されたと考えられる。たとえばセラエノ星系への植民事業が始まったときに、何かの理由で設置されていたとしたら、何某かの形でセラエノ星系にそうした記録が残っているはずだった。

矢沢艦長は、宇宙軍のデータベースにこの衛星についてのデータが埋もれているのではないかと考えていたが、だとすれば自分たちが過去の記録を調べても答えは得られまい。それよりも現物を調べさえすれば、答えは得られる。

しかし、レーダーに対して明らかにステルス性能を持っているらしいことに、矢沢艦長は不吉なものを感じた。宇宙軍が設置したかもしれない衛星がステルス性能を有するというのは、かなりきな臭い動きではないか。

「船務長、レーダーがこんな反応をするとして、どんなステルス性能が予想できる?」

今井船務長は、自分でも話しながら考えをまとめているかのように説明する。

「まず、ご存じと思いますが、現在の我々のレーダーは複数の波長を利用するとともに、移動しながら受信した反射波データを処理して、単に反射波までの距離ではなく、立体的に空間の状況を解析します。

それなのに黒く抜ける領域が現れるのは、そこが不自然な反応を示していることを意味します。反射波が感知されないのはもちろん、バックグラウンド電波が不自然に少ない時にもこうした反応を示すでしょう」

船務長はＡＩに対して、新たな命令を指示する。その結果はすぐに出た。

「まず、セラエノ信号より波長の長い電磁波が、この領域からは一切感知できません。しかし、それより波長が短いと感度がある。そして我々のレーダーは電磁波については吸収され、レーザーにのみ反射が感知された。

素直に解釈すると、電波を吸収する性質のある素材で、目の粗いメッシュアンテナが展開している。おそらく直径四〇〇キロほどの。アンテナ素材はレーザーのような光までは十分吸収できなかったが、目が粗いので、レーザーが照射されたアンテナの繊維部分はごく一部に過ぎず、波長の短い電波はアンテナのメッシュと共振でもしない限り反応はしない。

そもそも二つのビザンツ点の観測など、ほとんど為されてません。天体観測なんてやるような人間はほとんどいませんからね」

それでも何かが存在することがわかれば、後の作業はさほど困難ではなかった。アンテナを察知したのは航行用レーダーだったが、駆逐艦には近距離の精密計測が可能なレーザーレーダーも搭載されている。救難や警察活動で、対象となる宇宙船の形状や運動を正確に知るためのものだ。

さすがに高精度では直径四〇〇キロは手に余るが、それでも概略はわかった。それは教科書通りのパラボラアンテナであり、焦点部分に何かの構造物がある。電波の送信はそれで行うのだろう。

駆逐艦セラはアンテナの裏側から中心部にゆっくりと接近する。華奢《きやしや》な構造なので、駆逐艦の噴射炎で破壊しないためだ。

中心部にレーザーレーダーを重点的に向けると、アンテナはゆっくりと回転していた。おそらく遠心力でアンテナ形状を維持しているものと思われた。

それと関連するのか、アンテナを構成するワイヤーは微妙に振動していた。電波を出すだけでなく、能動的にアンテナの形状を維持しているらしい。そうして電波を送信する方向を制御しているのだろう。誰が制作したにせよ、なかなか凝った構造である。

「どうします、艦長？」

今井船務長が確認する。

「可能なら回収しろとの命令だ。公式に設置許可を得たという記録がない以上、これは不法投棄と見做《みな》せる」

矢沢艦長はそう言ったが、船務長は納得しない。

「ですが、艦長。どこまで回収します？　アンテナは華奢に見えますが、四〇〇キロ分を回収するとなれば、重量も容積も馬鹿になりませんよ」

「アンテナは一部でいいだろう。本体だけを回収する。とりあえずは持ち主を明らかにすることだ」

こうして回収作業が始まったが、ここから先は作業艇を用いる。搭載しているのはセラエノ星系で数少ない輸出品であるギラン・ビーだ。駆逐艦の作業艇は二機が定数だが、セラエノ星系の駆逐艦には一機しか搭載されていない。乗員の定数が満たせないので、二機載せても動かせるだけの人間がいないのだ。

ギラン・ビーによる作業の指揮は猿山船務士が行なった。電波送信をしている衛星は、パラボラの中心部に直径五メートル、全長二〇メートルほどの黒っぽいシリンダーと、パラボラの焦点部分に当たる場所にほぼ同じ大きさのやはり黒いシリンダーが置かれていた。

焦点のシリンダーにもスラスターはあるようで、パラボラアンテナ本体とは物理的に接続されてはいないが、位置関係は維持されていた。

最初に回収したのは、焦点部分のシリンダーだった。どこにも繋がれていないから回収が容易との判断だ。とはいえ正体不明の衛星であるため、作業艇からは二本のアームをドローンとして分離し、シリンダーに接触させた。

最初、ドローンがシリンダーに接触して移動させた時、元の位置に戻ろうとするようにシリンダーのスラスターからガスが噴射されたが、それでもドローンが位置を変えようとすると、無駄な抵抗と判断したのか、スラスターは作動しなくなった。

驚くべきことに、これと同時にパラボラアンテナ本体も解体し始めた。アンテナの中心で回転していたシリンダーが、メッシュ構造のワイヤーを本体から切断し始めたのである。

ワイヤーはこれに伴い、縦方向と横方向の結合部も解体され、全てのワイヤーが回転運動の接線方向に飛ばされてゆく。猿山船務士が咄嗟《とっさ》の判断で飛び散るワイヤーをドローンに回収させねば、入手は不可能になるところだった。

二機のドローンのうち一機が回収に失敗し、一機だけが一〇〇メートル以上あるワイヤーの回収に成功した。そして二つのシリンダーは、作業アームによりギラン・ビーに固縛することに成功した。

ただ、すぐにはセラに帰還しない。自爆装置があるとは思えないが、スラスターが作動したからには、何らかの燃料が搭載されている可能性もある。安全を確認しなければ回収はできない。

「超音波イメージングセンサーの非破壊検査では、はっきりと爆発物とわかるものはありません。ただこの大きさだと解析には限界がありますね」

猿山の報告に、矢沢艦長は納得しない。

「衛星の構造など枯れた技術じゃないか。爆弾の有無くらい推測がつかんか?」

通信コンソールの矢沢は明らかに不満そうだ。

「それがですね、艦長。このシリンダーですけど、標準的な設計仕様とはかなり違うんですよ。機械には詳しいが、衛星設計の素人が作り上げたとでも言いましょうか」

この衛星に関しては、公的機関ではなく、何らかの非公式なグループが設置したという説があったが、猿山はそれが当たっているような気がしていた。たとえは悪いが蒸気ボイラーの専門家が作り上げた衛星とでもいおうか。

蒸気ボイラーが専門だから、真空でも潰れない筐体《きょうたい》は設計できる。しかし、人工衛星の設計では、そうした考え方はしない。工学的には最適な設計ではないとしても、それでも間違いはない。

「そんな得体の知れないものを収容したくないな。ここでミサイルで破壊して破片だけ持ち帰れないか？」

矢沢はそんな物騒なことを言う。

「やめてくださいよ艦長。所有者が誰かもわからないのに破壊したら、賠償請求が来るかもしれないんですよ」

「これが宇宙軍の仕業なら、請求も何もできんだろ。ワープ不能なんだから」

猿山は、ワープ不能という現状で開き直りなのかポジティブなのかはともかく、こんな発想をする人間がいるとは思わなかった。

「だから艦長、持ち主がわからないってのは、ラゴスの団体の可能性もあるって話です。それに持ち主が誰であれ、ミサイルなんか使ったら経理部から何言われるかわかりませんよ」

「あぁ、経理部か。そうだなぁ、ミサイルはなしだな」

いつもながら矢沢艦長はどこまでが本気で、どこからが冗談なのかわからない。

「そのシリンダーについて、レーザーレーダーで表面を精密スキャンしてくれ。見たところ文字も記号も描いていないが、宇宙線の影響で風化した可能性もある。微細な凹凸で文字の痕跡が見つかるかもしれん」

猿山もその意見は妥当なものと考えた。なのでギラン・ビーを接近させ、レーザー光線でシリンダーの表面をスキャンする。全体に黒っぽかったが、表面は微細な凹凸で覆われていることがわかった。この凹凸のパターンにより、全体が黒く見えるのである。

ただ規則的な凹凸とは別に、まったくパターンの異なる傷が見つかった。それはエネルギーの大きな宇宙線によるものらしい。

「表面の宇宙線の傷から、このシリンダーの設置時期を割り出しているんですが、なんかおかしいですね」

猿山がAIの分析結果に首を捻る。場所によって宇宙線による傷の密度が違うのだ。推定で五〇年と思われたが、アンテナ本体のシリンダーの断面に相当する円盤部だけは、損傷度合いが桁外れだったためだ。しかも二面ある円盤部分の一面だけだった。損傷が激しすぎて年代測定は意味がないほどだ。

さらに蛍光分析では、この損傷具合の激しい部分はシリンダーの組成が他と違っており、工業用ダイヤモンドを主体としていた。損傷が激しいと予測されるからダイヤモンドの装甲板を施したとすれば辻褄は合う。

しかし、セラエノ星系のどこにそんな場所があるというのか？　惑星ビザンツのガスの中に突入するなら、この程度の損傷は生まれる可能性はあるが、前方ビザンツ点に衛星を配置するのに、そんな不可解なことをする奴がいるとは思えない。

さらに表面をスキャンすると、肉眼では識別がつかないほどの凹凸の中に、明らかにリベットと思われるものがあった。いわゆる沈頭鋲《ちんとうびょう》というやつで、既に周辺の部材と一体化しているが、リベットの跡は残っていた。

猿山は次第にわからなくなってくる。三次元プリンターで製造しなくても、溶接なり接着剤なり結合方法は色々ある。しかし、今どき衛星にリベットというのがわからない。ダイヤモンドの装甲板とは技術的な整合性も取れていない印象がある。

リベットの使用には、矢沢艦長も疑問を持ったらしい。

「シリンダーの頭三分の一がダイヤモンド主体で、残り三分の二が鉄主体の合金か。この二つをリベットで結合するのか。機械はリベットで結合すべし、とかいう信念でもあるのか？　船務士、そっちからだと何かわかるか？」

猿山にしてもＡＩが再構築した映像を見ているだけで、得られる情報は矢沢と大差ない。窓からシリンダーは見えはするが、肉眼で何か発見があるはずもない。

とはいえ、思いついたことはある。

「リベットに見えるだけで、リベットじゃないかもしれませんね」

「だったらなんだ？」

「このシリンダー、頭の三分の一がこんなに損傷している理由はわかりませんけど、たとえばアンテナか何か伸びていたら、ダイヤモンドをこれだけ傷つける衝撃で根本から千切れたんじゃないですかね。我々は根元だけを見てリベットだと判断してますが」

「アンテナの根元ねぇ……ありえるな」

矢沢は一度は猿山の意見に納得しかけたが、すぐに疑問点を見つけた。

「いや、ちょっとそれだとわからんことがある」

「何ですか、艦長？」

「あの衛星を作った連中は、シリンダーの先端をダイヤモンドで作った。それが必要となるとの判断からだ。どういう状況を想定していたのかまではわからんが、損傷具合から見て、その判断は適切だった。

だとしたらだ、横方向にアンテナを伸ばすか？　そんなもの根こそぎ持っていかれるのはわかるはずだろ。

これが本当にアンテナかどうかはともかく、強いストレスがかかるだろう環境に、あえてストレスに弱い構造を持たせる設計はしないだろ」

それも一理ある。しかし、猿山は次の指示を艦長に仰いだ。ここで自分らが議論していても、シリンダーを作った連中のことはわからない。

「この大きさだと艦内への収容も簡単じゃないな。今のままだと収容できるのは一つだけだ。それでだ、船務士が乗っているギラン・ビーはここに残置する。その格納庫に、もう一つのシリンダーを載せれば二つを収容して帰還できる」

「残置って、こいつはどうするんですか？」

「搭載できないから残置する。シリンダーを降ろしたら、改めて回収に戻る。前方ビザンツ点だからな、すぐに戻れば迷子にはなるまい」

それを聞いて猿山が提案する。

「回収するなら、自分はギラン・ビーに残りましょうか？　数日ならこの内部で生活できますし」

それに対する矢沢艦長の反応は早かった。

「駄目だ。わかってるのか、船務士。星系内でもワープに問題が起きたら、いつ回収できるかわからんのだぞ」

そう言われれば猿山も反論できない。二つのシリンダーは駆逐艦セラに収容され、無人のギラン・ビーだけが前方ビザンツ点に残された。

6　政府発表

新暦一九九年九月二〇日・ラゴスタワー

首都ラゴスで一番の高層建築であるラゴスタワーは、セラエノ星系の政府所在地でもあった。政府機能が一つのビルに収まる程度の人類しか、セラエノ星系にはいないためだ。

しかし、政府機関として必要な機能はすべて具現されている。さすがに軍隊は警察機構の中に組み込まれているのと、軽巡洋艦や駆逐艦は政府管轄という変則的な構造だったが、それを除けば規模以外は他の星系政府と何ら変わるところはない。

小さな社会の小さな政府は、各省庁のコミュニケーションと政府の意思決定が迅速という一面で、人的リソース不足という問題を常に抱えていた。要するに利点も欠点も、総人口一五〇万人という同じ現実から発していた。

「ワープ航法に何らかの問題があり、現在我々は、地球との交通が途絶している。この問題の原因究明と打開策を偵察戦艦青鳳と協議中である。ただ交通途絶がいつまで続くかは現時点ではわかっていない。

この問題に関する情報開示は政府の公式チャンネルのみで行う。状況の変化の有無にかかわらず、最低でも一日二回の情報の更新は行われる」

アーシマ首相は、情報開示の内容について閣僚たちの前で事務的に説明する。

基本的な方針については、閣僚を招集した時点で伝えてある。それをどう判断するかは個々人の問題だが、アーシマの感触では反対意見はないと読んでいた。

それはさほど驚くことではなかった。地球との交通が途絶するという前代未聞の事態を前に、アーシマに反対意見を述べるような閣僚はいない。政治的野心がある人間にとっては火中の栗を拾うようなものだし、そうでない人間は、そもそも反対しない。

それに閣僚に選ばれるほどの人間であれば、問題の重要性を考えると、政府からの正式な発表をこれ以上は遅らせられないこともわかっていた。

秘書室のハンナ・マオや原翔がまとめ上げた草案を読み上げながら、アーシマは自分の言葉にどう置き換えようかと考えていた。

閣僚たちはドーナツ状の大型テーブルに着いている。背後に会議室のメインスクリーンが来るのがアーシマの席で、席次が決まっているのは彼女だけだ。他の閣僚は当日、ランダムに決められる。これは席の配置が固定化することが、議事の流れを固定化するとの経験則による。アーシマは閣議には緊張感があるべきとの立場から、席次は毎回変えるのだ。

この時の席次は、アーシマからみて右側は、彼女に近い順番に内務、財務、商工の各大臣。左側には官房長官、外務、文部、通信の各大臣が着いていた。

「情報開示の第一弾は、今夜？」

それを指摘したのは、内務大臣のルトノ・ナムジュだった。医療行政、インフラを含む建築物行政、そして警察を掌握していた。

ルトノは政界には興味がなく、行政についてはあくまでも研究対象という行政学の研究者だった。それをアーシマが三顧の礼で迎えたのだ。そのため彼も、アーシマ内閣の任期の間だけという条件で内相を引き受けたという経緯がある。

「すでに一部では、宇宙船の事故が続発しているという噂が広がっています。これ以上公式情報の発表を遅らせれば、流言飛語が拡大する恐れがあります。発表が夜になるというより、閣議決定後に最短時間で発表するなら夜になるということです」

「なら上出来だな」

ルトノの口調は不躾《ぶしつけ》に聞こえるが、これは彼が相手を評価している表現だった。

「問題は、日常生活の影響は最小限度にとどまる、それを如何に納得してもらうかですね。あるいは、信じてもらえるか」

その発言は商工大臣のベッカ・ワンだ。彼女は、セラエノ星系の産業全般を管轄する立場だ。セラエノ星系の経済界に絶大な権限があるのは間違いではないが、惑星レアの産業は農業が中心で、工業の生産力には限界があった。

このためベッカの仕事の多くは、地球圏からの工業製品の輸入に関するものが大半であり、その部分では外務省と協調することも珍しくなかった。彼女は続ける。

「正確な数字は後として、基本的に我々は食糧に関して当面は心配することはありません。貴重な輸出産品ですから、単純に総人口の三倍を養えるだけの生産はあります」

閣僚たちはその話には特に反応しなかった。アーシマ首相をはじめ、それは既知の情報で、地球圏と植民星系の経済構造の基本だ。工業が未発達の大半の植民星系で外貨を稼げる産品としたら、農産物しかない。

だから地球圏の食糧価格は、著しく低い。ただこの低い食糧価格が、地球圏の八割を占める低所得者層（政府統計では平均的市民層と呼称する）に安定した食糧供給を可能とし、社会の安定に寄与していた。

一方で、植民星系はそうして生産される生活必需品を安価に地球圏から輸入できる。技術の進歩が停滞し、生産性向上のモチベーションも機能しない人類社会全体では、経済の拡大は植民星系の人口拡大に依存していた。

ほとんどの植民星系が総人口一億にも達していない状況で、経済成長は数世紀は約束されていると言われていた。そして総人口二〇〇億人の人類社会全体を俯瞰すれば、文化資産については地球圏がその蓄積から圧倒的な優位を保つものの、人口の三分の二を占める植民星系のほうが衣食住についてはレベルが高かった。

もっとも生活水準の評価は、所得比較で言えば、為替の問題から地球圏のほうが常に高かったが。

閣僚たちが特に反応しないことにベッカも動じない。この程度のことは共有知識であるのはわかっている。

「問題は交通途絶が五年以上継続する場合です。それでもなお生活への影響は最小と信じられる必要があります。それは希望ですから」

「ベッカ、その言い方だと、食糧生産に何か大きな問題でも？」

アーシマに対して、ベッカは頷いた。首相としては首を横に振って欲しかったが、そうはいかなかった。

「長期的には不可避の問題があります。惑星レアにおいて食糧生産に直接関わっている人間は概《おおむ》ね二万人。この二万人で五〇〇万人分に迫る農作物を収穫しています。

これが可能なのは機械力と化学力のおかげです。幸いなことに惑星レアの土着生物は、地球由来の農作物を消化できないため、病害虫や害獣の問題はさほど深刻ではありません。

ただ一方で同じ理由により、地球では期待できる農作物と土壌細菌や土中生物との共棲関係はほぼ期待できません。結果として化学肥料と土壌改質剤が不可欠です。植民星系のそれらの備蓄義務は五年分。

したがって、備蓄がなくなる六年目以降の農業生産は半減すると考えるべきです。

申し添えるなら、肥料や改質剤は土地に対して適量投入しなければ意味がありません。量を減らして備蓄を長持ちさせることは無意味です。五年分の備蓄は五年しか持ちません」

「半減しても、二五〇万人分の食料は確保できるわけか」

ルトノのそれは独り言だったが、ベッカは質問と解釈した。

「半減というのは、あくまでも農業用の化学資源を使い切った場合のみの想定です。現時点で正確に数字が予測できる要素がそれだけなので」

「数字が予測できない要素とは？」

アーシマ首相は、胃が痛くなった。スタッフに見積もらせた想定は、食糧生産だけは不足しないことを前提としているからだ。半減しても二五〇万人分の生産量なら問題ないが、これがさらに半減して一二五万人分になれば、問題は一気に深刻さを増す。

「農業機械の寿命と稼働率です。これらも消耗品の五年備蓄が義務化されていますから、五年は大丈夫でしょう。そしてある部品については自給自足可能ですし、我々の技術水準で製造・維持可能な農業機械を五年の間に準備することも不可能ではない。

この五年間に可能な限りの農業生産を進めるなら、一〇年分の食糧備蓄が確保できます。五年プラス一〇年分の備蓄で、現在の食糧供給レベルは一五年は維持できます。

しかし、一五年後に人口分の生産力を実現しなければ、社会秩序に深刻な影響を及ぼします。外部からの支援も武力介入も期待できない状況では、一つの暴動で文明社会が崩壊することさえあり得なくはない」

「それはいくら何でも悲観的すぎないか？」

シェイク・ナハト官房長官は、ベッカの分析に異を唱える。

「農業機械生産がどうなるか予測できないと言ったのは商工相の君ではないか。必ずしも悲観的な予測ばかりとはなるまい。それに人類の歴史を見れば、農作業を人間自身がやっていた時代のほうが長い。打開策は幾らでもあるんじゃないか」

しかしベッカは、そうした質問を予想していたのか落ち着いていた。ジャーナリストとして行政学の訓練を受けてきたナハトと違って、彼女は本来は数値シミュレーションの専門家だった。経済モデルの構築に深入りした結果が、現在の地位である。

「官房長官のお気持ちはわかりますが、まず農業を人海戦術で行うという考えは捨ててください。機械力や化学肥料に頼れなかった時代の農業というのは、一〇〇人の村で九〇人が農民で、それでやっと一〇〇人分の食料を生産する、そういう時代だった。

私もラゴスでは農業の専門家で通りますが、自慢ではありませんが庭のプランターさえ上手く行った試しがない。人力で畑を耕したことがあるような人間は、この人口一五〇万の惑星レアに一人もいないんです。

すでに述べたように、惑星レアの生態系は地球由来の農作物を育てるのに向いていない。野菜工場より低コストとはいえ、それでも現在の農地を肥料や改質剤を投入して耕作し続けなければ、そうした農業という自然介入が止まった瞬間から、我々の農地はすぐに本来の生態系に飲み込まれ、食糧生産はできなくなる。この惑星レアには、かつての地球のような牧歌的な農業など成立しません。

農民とはすでに農業機械オペレーターか、土壌改良デザイナーを意味する存在になっています」

「ベッカ、あなたの説明だと、我々の身の丈にあった農業機械は開発可能なようなことを言っていたけど、問題は何なの？」

アーシマは尋ねる。理由の予想はついていたが、閣議の場で専門家の意見を確認したかったのだ。

「首相の政策スタッフも同じ分析結果に至っているのではないかと思いますが、孤立状態で我々が文明を維持するために必要な機械類を自給自足しなければならない。

しかし、生産力には限界がある。だとすると限られた生産力の何割を農業部門に割《さ》けるのか？　これは商工相の独断では決められません。単純化するために農業機械の話だけをしましたが、惑星に孤立するとなれば食糧の貯蔵倉庫の増設も必要です。我々の農業が地球への輸出を前提としているために、農作物の備蓄能力にも限界がある。倉庫か住居かインフラか、そうした選択もまた、商工相の職域を超えます」

ナハトもこの説明に対して異論を唱えなかった。この閣議の前提は、地球との交通途絶が長期化することにあった。一〇〇年の自給自足を目指していても、翌日になったらワープが元に戻っていたならば、何の実害もない。笑い話にさえできるだろう。

しかし、明日には戻るつもりで何の策も講じていないなら、一〇年後にどれだけの人間が命を失うかわかったものではない。だから長期間の自給自足体制の構築を議論しているのである。

「もう一つは、人材の問題です。ワープができないなら、我々は地球圏の情報からも遮断された状況です。セラエノ星系には博士号取得者は何人もおりますが、私を含め、八割の博士号は地球圏で取得されています。

我々自身で教育できる範囲でしか、高等知識の伝承はできません。データベースの知識は活用できるものの、一人の人間に習得できる知識に限度がある以上、現役世代がリタイアする時代になれば、地球圏での教育環境を知らない世代が社会を動かすことになります。

そうしたことを考えるなら、文明社会の生産者としては一五〇万人は過小である一方、文明社会の消費者としては一五〇万人は過大ということになります。

それでもなお、最初に言ったように、我々の日常生活への影響は最小にとどまると信じてもらう方針を示さねばならないでしょう」

「私の解釈が正しいなら、商工相は市民に希望を与えるためなら、多少のプロパガンダもやむなしという立場なのか？」

官房長官が警戒したように尋ねる。ジャーナリスト出身のナハトは、報道とプロパガンダの違いに神経質なところがあった。もちろん政府広報とジャーナリズムが一致しないことは官房長官として理解している。

はっきり言って、政府のプロパガンダもナハトは否定していない。しかしながら、政府がプロパガンダを流すことは時に劇薬となる。そのことを常に自覚すべきというのが彼のポリシーだった。

それだからこそ、首相や他の閣僚がプロパガンダに対して無自覚に見えるような時には容赦はなかった。

「プロパガンダを行う必要は商工相としてはないと考えています。むしろ長い目で見ればマイナスです。

我々が市民に提示するのは、正確な事実関係と最悪の事態に備えた事業計画です。地球との交流再開が五日後でも五年後でも、五〇年後であったとしても、我々はソフトランディングする術を持っている。そのことを示すのです。結果として市民の不安が消え去りはしないとしても、社会秩序を脅かすほどには悪化しない」

そしてベッカはナハトを見据えるように、逆に質問する。

「状況は再帰関数のような構造を持っている。我々の事業計画が成功すれば、市民の不安は軽減できる。同時に市民の不安を軽減できないと、事業計画は成功しない。良循環を成立させるためには、初期値として市民の不安軽減が不可欠なのです。

こうした構造の中で、市民の不安軽減はプロパガンダとお考えなのですか、官房長官？」

「商工相が事態をそこまで理解しているなら、さきほどの私の発言は撤回します」

ナハトは癖の強い人間だが、それでもアーシマが彼を要職に就けたのは、この公正さのためであった。

これはもちろん彼の人間性によるものだが、他にも理由はある。アーシマをはじめとしてセラエノ星系政府の閣僚や高級官僚の多くは、大なり小なり地球圏で高等教育を受けた経験があった。

つまり彼らは地球圏社会を知っていた。そうした彼らからすれば、総人口一五〇〇万人のセラエノ星系で独裁的な政治権力を掌握するのは、恥ずかしい行為に思えるのだ。辺境の小さな星系国家でも、公平で公正な社会を築くほうがよほどやりがいがある。

もちろん閣僚の多くは野心家ではあるが、その方向性は地球圏を向いていた。星系国家の閣僚という経験をステップに地球圏で野心を実現する。そうであればなおさらセラエノ星系政府ではストイックに行動する必要があったのだ。

アーシマがモフセン・ザリフを警戒する理由はそこにもある。彼はセラエノ星系を一度も出たことがない生粋《きっすい》の惑星レア人だ。彼にとって惑星レアが世界のすべてである。

それだけでザリフが独裁を目論《もくろ》んでいると解釈するのはフェアでないのはわかっている

が、アクラ市長としての彼の采配には、それを危惧させる権威主義的な匂いがするのだ。

「商工相の状況分析を聞いていて思ったが、事業計画は我々だけで立案せず、むしろ市民から意見を募る回路を開くべきではないか。自分のアイデアが孤立化するセラエノ星系に取り入れられるとなれば、事業計画の支持者になることも十分期待できる」

ルトノ内相のその提案は、議論を一時的に止めた。アーシマをはじめ、全員がその提案の意味を吟味しているからだ。

「原則には賛成ですが、具体的にどうやって意見を募ります？　政府のＡＩにメッセージを投げてもらうのが一番楽な方法ですが、政策を吟味するのは行政職の人間です。しかし、彼らこそ他の業務に専念してもらわねばなりません」

ベッカが指摘する。

「我々の社会を維持するためには、一五〇万の人口では足りないということか。しかし、原則賛成なら商工相には何か案があるのか？」

「惑星レアのインフラや製造業を担う企業へ事業計画を提案してもらう。コンペ形式にしてもいい。市民は自分に関係する企業に提案する。

現下の状況では、企業体の協力は不可欠です。ならば政府ではなく、彼ら企業の事業計画に市民の提案を吸い上げてもらう。そうして行政機関の負担を減らす。これが現実的ではないでしょうか?」

「中小企業はどうします? というかセラエノの企業体のほとんどが中小企業ですよ」

そう発言したのは文部相のアランチャ・エブラルだった。閣議では彼女はあまり発言しない。セラエノ星系には中等教育までについて、深刻な問題がない。教育費はほぼ無償で、教育水準は地球圏と同等に高いからだ。

課題は他の植民星系と同様に高等教育、特に博士レベルの人材育成が自前ではなかなか進まないことだった。ただこれは、植民星系の優秀な人材を地球圏が吸い上げるという、貿易と一体化した構造の中にあるので、エブラル一人の働きでどうなるものでもなかった。そもそも彼女もまた地球留学組であり、問題の根は深い。

それでも大学を中核として、社会人が働きながら情報端末などで専門知識を学ぶ仕組みはできているが、それだとどうしても確立している知識の吸収に終始し、未踏分野の開拓という面では弱い。

これで一億、二億の人口があればまだ他にやりようもあるのだろうが、一五〇万では大学を維持するのも難しいという現実がある。

「それでしたら中小企業組合が使えるはずです。個人事業主も加入できますから、活用しない手はありません。

業種ごとの組合から提案が行われるなら、組合内部でヴァリアントの取捨選択が行われるでしょう。ならば馬鹿げた提案はその段階で却下されますから、政府内の負担はかなり軽減できるはずです。

それよりも……」

ベッカは、自分の正面席のエブラルに改めて視線を向ける。

「我々が文明を維持できるかどうか、知識センターとしての大学をはじめとする教育機関の果たす役割は、強調してもしすぎることはないでしょう。その点で、教育機関の再組織化について、文部相として何か案はありますか？」

エブラルは自分に向けられた質問に驚きはしたが、もちろん試案は持っていた。

「知識センターという認識は、問題解決の手段として適切なのか疑問があります。文明や社会機能を如何にして維持するか？　という問題と解釈するなら、市民の技能の多能化の問題は避けられません。

セラエノ市民が一つではなく、複数の分野の専門知識を修得できるようになれば、社会機能の維持はより容易になります。

もちろんそれには教育機関、特に大学をはじめとする高等教育機関の役割が小さくない。ただし、セラエノ星系の教育機関は中等教育こそ地球圏と遜色はないものの、率直に言って高等教育機関の水準は高くはありません。

むしろ社会に高等教育機関の機能を分散し、社会全体で再構築するのが現実的ではないでしょうか。先ほどの中小企業組合の話とも親和性は高いでしょう」

アーシマにはエブラルの提案は意外なものだった。彼女が言っていることは教育機関の再構築だが、解釈によっては解体でもある。再構築の前には解体工程が必要だからだ。

「文部相の提案は非常に興味深いものですが、今夜の政府発表に間に合うよう何らかの結論を出すことは無理でしょう。この件は産業界の技術水準の維持という問題と不可分ですから、商工相と文部相との協力によるプロジェクトチームが適当と判断します」

アーシマはとりあえず、この問題については後日検討とした。合同でチーム編成と言われ、エブラルはそれほどでもないが、ベッカは目を丸くしていた。ただ不快そうな表情は見せていない。

こうして閣僚たちの議論の中で、セラエノ星系政府のステートメントはまとめられた。

新暦一九九年九月二〇日・惑星レア軌道上

工作艦明石は惑星レアの低軌道に移動していた。幾つかの研究作業は一時的に中断されたが、政府発表に合わせて政府の力を誇示するための実演を委ねられるのは、明石しかないと判断されたためだ。

「トールハンマーの非破壊検査終了。深刻な亀裂等は発見されず。制御翼も異常なし」

工作部長の狼群妖虎は珍しく涼狐艦長のいるブリッジで、船外作業中の椎名たち「なな組」の報告を受けていた。いま工作艦明石は、艦首部分にビルほどもある小惑星が結合していた。

小惑星はすでに先端が鈍角な鏃《やじり》のように整形され、その周囲には、六個の制御翼が装備されていた。

妖虎もブリッジで待機しているのは、情報共有は明石艦内ならどこでも可能とはいえ、細かい調整が必要なので、こうして本来の部署を離れているのである。トールハンマーの実験そのものは、彼女が管理しているからだ。

「先輩、明石から隕石を落下させるのは新兵器の実験か何かですか？」

そう小声で尋ねる松下の声が聞こえた。輸送艦津軽の運用長の松下は、なんだかんだと口実を見つけては明石に乗り込んでいた。すでに諦めたのか、最近は西園寺も松下の行動には何も言ってこない。

今もこうして松下は妖虎の隣の席にいた。艦内ネットは彼女にも開放されているのだが、松下には妖虎に直に話しかけることに価値があるらしい。しかも、気がつけば彼女は実験の記録係に就いていた。

「武器なんか開発してどうするの？　これはビジネス」

「ビジネス？　隕石の落下がですか？」

「隕石の制御された落下。座標を指定したら、半径一メートル以内に命中する精度のね」

妖虎は松下に小声で説明する。

「ワープ不能となったら、もう地球圏から安い鉄や銅は手に入らない。自前で採掘する必要がある。幸いにも惑星レアには、首都からそれほど遠くないところに有力なパゴニス鉱山がある。ただし地質調査で鉱脈の在処《ありか》がわかっているだけで、採掘はまったくされていない。

理由は、我々には鉱山開発はできないってこと。人口一五〇万人のセラエノ星系にはね、鉱山で働いた経験のある人間がいない。よしんば一人二人いたとしても、それでは鉱山の開発はできない。鉱山用のロボットもなければ、坑道掘削機器も経験者もいない。数千人の労働力も期待できない。

外資導入とか計画はあったけど、何にせよ現実に採掘は行われていない」

妖虎は松下にそう説明しながら、地球圏との交流が途絶えることの意味を改めて感じていた。惑星レアには地球と同水準の地下資源が眠っており、市民の需要を満たしても余りある計算だ。

しかし、計算は計算に過ぎない。豊富な地下資源を自力で開発する余力が彼らにはない。セラエノ星系の金属資源はすべて地球圏からの輸入であり、屑鉄などの回収は行われているが、それさえも自前では処理できず、地球圏に輸送する必要があったのだ。

「ただ自前で資源開発ができれば、地球圏からの輸入量を減らせるし、その分だけ他の機械類を輸入できる。それでかなり前から研究はしていて、実験の準備もほぼできていた。だけど人様が住んでいる惑星に隕石落とすってことで、政府から実験許可が下りなかった。それが今回の事態で急遽、許可が下りたってこと。さもなくばこんな迅速に準備はできません」

「あの隕石は鉄ニッケル主体の小惑星で、それの資源化ですか？」

妖虎は、松下の頭の回転の速さに感心する。

「いや、資源小惑星の活用については、別に実験申請している。そちらは駆逐艦一隻を解体して、その核融合炉を転用して小惑星を溶融するって話なので、やはり政府から許可が下りない。あなたの言うように、あの小惑星は鉄ニッケル主体だけど、目指すところは別。あれは銃弾」

「銃弾？」

　妖虎は近くの空いているモニターに軌道図を表示する。

「あの小惑星は周回軌道から減速して、大気圏に突入する。そしてパゴニス鉱山に衝突する。するとね、鉱山そのものが吹き飛んでしまうわけ。そうすると鉱床が露出するから露天掘りで採掘できる。露天掘りなら我々の技術で十分対処できる」

「先輩、凄いですね！　でも、あの、大量の土砂が大気中に舞い上がりませんか？　気候に影響するとか？」

「それはある。だから小惑星の大きさや突入角、破壊対象となるパゴニス鉱山の大きさや立地は慎重に選ばれた。とはいえ乱暴な手段に見えるけど、実は普通の鉱山より環境負荷は低いんだな。

　たぶん小惑星で鉱床を露出させるのは、これが最初で最後でしょう。孤立したセラエノは、そこまで資材需要は強くないから」

「政府発表に合わせてですか？」

　松下がそう言うと、妖虎は彼女の頬を撫でた。

「さすがね。トールハンマーが鉱山を吹き飛ばした大音響が首都ラゴスに轟く頃に、アーシマ首相の会見は佳境に入る。今の大音響によって、惑星レアは金属資源を半永久的に手に入れることが可能になったとか何とか」

「最悪失敗しても、小惑星の鉄ニッケルで当面は凌げますね」

「紗理奈、それは言っちゃダメ」

妖虎と松下のひそひそ声のやりとりを聞きながら涼狐は、西園寺は自分の部下の才能をわかっているのか？　と思った。わかっていないなら彼女はうちの人間にしよう。涼狐は密かにそう決めた。

カウントダウン通りにシーケンスは進み、トールハンマーは明石から切り離されると、減速用のモーターに点火され、大気圏内を降下してゆく。

軌道速度を失って落下するというのは、必ずしも正確ではない。減速により楕円軌道の近点が惑星半径より小さくなり、だから小惑星の軌道は惑星の地表と交差するというのが正しい説明だ。

ただ地上から見ている分には、空から隕石が落ちてくるには違いない。

「トールハンマーの軌道はシーケンス通り」

明石とは別の軌道に乗っている椎名のギラン・ビーから、報告が次々と入ってくる。すでに大気中には無人のウーフーが観測のために飛行しており、最終段階のトールハンマーの動きをモニターしていた。

「先輩、拍子抜けするほど順調ですね」

松下が小声で妖虎に話しかける。涼狐にはよくわからない感性だが、松下にはどうも小声というのが秘密を共有するようでいいらしい。そのうち彼女は「狼群三姉妹の三女です」とでも言いだすんじゃなかろうか。涼狐はそんな気がした。むろんそうなったとしても涼狐としては拒むつもりはない。

「そりゃそうでしょ。軌道上から地上にピンポイントで宇宙機を降下させるなんて、数世紀前からある枯れた技術だもの。これに失敗したら技術屋の恥」

妖虎がそう返している間にも、トールハンマーは惑星レアの大気圏を進んでゆく。その突入角は、制御翼の働きにより、確実に浅くなって行った。

そうして隕石はかなり浅い角度でパゴニス鉱山に衝突した。軌道上からは衝突時の発光が観測され、鉱山の土砂が衝撃波で横方向に飛ばされているのがわかった。

事前の計算通りに、小惑星衝突のエネルギーは鉱山を破砕するには十分ながら、大量の土砂を大気圏上層部に舞い上げるほどには多くなく、ほとんどの土砂が大気の比較的低い高度までしか届かなかった。

無人のウーフーからの画像データとイメージングレーダーの映像から判断すると、鉱脈は確かに地上に露出していたが、鉱山そのものは該当部分以外は残っていた。

「五分後に、衝撃波が首都に到達します」

明石のAIナビコが報告する。

「船務長、軌道ドックに戻る。傭船契約分の仕事は済ませた」

涼狐は艦長として、そう命じた。

「……このように、我々セラエノ星系政府は、地球圏との貿易途絶という状況において、社会的影響が最小限に収まるための基本方針を立案しました。

もちろんすでに述べたように、文明社会と民主主義体制を維持するための方法論については、市民の皆さんに是非とも政策案の検討に参加していただきたいのです。

一五〇万人セラエノ市民の生活を守るためには、一五〇万人の参加は決して多すぎることはないのです」

アーシマは市民全体に対してライブ配信を行なっていた。そしてモニター画面の一角を視野の中に留めている。隕石の衝突で鉱山を吹き飛ばし、鉱脈を地上に露出させるという破天荒な計画が成功したのかどうか、それを確認するためだ。

すでに鉱脈は地上に露出したとの表示は出ていた。いま見ているのは衝撃波が到達する時間だ。大音響が首都ラゴスに到達し、市民が驚いているタイミングで、鉱山の露天化を説明し、金属資源の自給自足の道がひらけたことを宣言しなければならない。

文明の維持に金属資源の確保が重要なのは間違いない。しかし、いまの状況では、それは本質的な問題ではない。それでもアーシマが鉱山を小惑星で吹き飛ばすという、力を誇示するような真似をしたのには二つの理由がある。

一つは治安対策として、社会の動揺を抑えるために政府の力を誇示する必要があると判断したこと。アーシマの政治哲学としては、政府が力を、より正確にいうならば暴力を行使することには否定的だ。

一度そうしたやり方を容認してしまうなら、権威主義的な政治体制に転落してしまう危険性は少なからずある。ただ彼女は、前代未聞の先の見通せない状況で、社会秩序の崩壊もまた権威主義的な体制を生み出す温床となることも知っている。

だから鉱山を吹き飛ばすという行為は、秩序を維持するための力の誇示でありながら、それが市民に対するものではないことを明示的に示す数少ない手段であったのだ。

しかし、それ以上に大きいのは二つ目の理由だ。彼女がこんな手段を行使し、市民全員が小惑星衝突の大音響を耳にすることで、セラエノ星系の人類だけでも、これほどのことができることを知って欲しかったのだ。地球圏との交流が不可能となっても、自分たちには自力で文明を維持するための資源開発の能力があるのだと。

市民の多くが、この大音響でそのことを理解してくれたならば、セラエノ星系での文明の維持は半分成功したに等しい。

モニターの表示が首都に衝撃波が届いたことを示す。ラゴスタワーは頑強な建築物だが、それでもアーシマは遠い雷鳴のような音を耳にした。

「……市民の皆さん。いま大音響を耳にしたことと思います。これは新しい事態に対するセラエノ星系政府の最初の事業によるものです。軌道上からの制御された小惑星落下により、パゴニス鉱山は惑星環境への影響を最小限度に抑えた形で、粉砕されました。

皆さんが耳にしたのは、これによる衝撃波です。パゴニス鉱山が粉砕されたことで、鉱脈は現在、地表に露出したことが確認されました。これからは露天掘りで安価に金属資源を手に入れることが可能となりました。

我々政府は、責任を持って市民の皆さんが生活するための資源確保を約束します。これに皆さんの叡智《えいち》が加わるならば、私たちはこのセラエノ星系において、文明社会を維持することができるでしょう。

政府首班として、私から皆さんにお伝えすることは以上です」

ライブ配信は終了した。アーシマは深く、ため息を吐《つ》く。すぐ隣室に控えていたナハト官房長官が、ベッカ商工相とルトノ内相を伴い、彼女を労《ねぎら》う。

「アーシマ、素晴らしい演説だった。ハンナからいま概況が届いたが、ざっと八割以上の市民が政府方針を支持している。それと、ザリフがアクラ市長として政府への全面支持を表明したそうだ。哲市長もいまさっき支持を表明してくれた」

「ザリフが真っ先に支持してくれたの？」

アーシマはナハトの話が意外だった。積極的な反対はしないだろうとは思っていたが、ラゴス市長の哲よりも早いとは。

「そう意外でもない。彼はセラエノ星系以外の世界を知らないが、それだけに故郷が孤立無縁の状態で、文明社会を維持することの重要性を人一倍感じるのだろう。

君の立場でザリフを警戒するのはわかるが、彼だって馬鹿じゃないんだ」

「馬鹿じゃないから警戒しているんですが。まぁ、でも第二都市の市長の支持は感謝すべきですね」

アーシマがそう言うと、ルトノ内相が口を開く。どうやら三人で何かを話し合ったらしい。

「アーシマ首相、いまさら言うまでもないことだが、君の任期は年内に終わる。だが、これはあくまでも我々三人の意見だが、今回の問題が長期化するならば、年内の首相選は避けるべきではないかと思う。体制が整うまで、少なくとも二年は延期すべきかと」

「首相選の延期ですって……」

アーシマはそんなことはまったく考えていなかった。というよりも、あえて思考がそこに向かうのを避けていたというべきだろう。しかし客観的に見れば、ルトノ内相の意見も考えるべき課題である。

「それは無理です。基本法では植民星系における行政の首長の任期は決められているし、続投するにしても選挙は避けられない。人権を守り、人権の脅威となる独裁者を生まない、それが基本法である。私は中等教育で、それをあなたから学んだのをお忘れですか？」

基本法とは数世紀前に憲法と呼ばれていた法体系のことだ。そのため基本法時代のいまでも立憲主義という言葉は使われている。

かつて憲法は国ごとにあったが、すでに地球圏では人類に普遍的な価値観としての基本法がある。当然、植民星系も人類社会の一員として基本法を守る立場にある。むしろ植民星系こそ立憲主義の尊重が求められた。

これは過去に幾つかの植民星系が権威主義的政治体制に支配され、独裁者や、政府を支配したエリート集団により、崩壊や内乱という事態を招いた苦い経験による。

特に複数の大都市が建設され、総人口が五〇〇万人を超え始めると、そうした政治的な危機が起きやすかった。少人数グループで政治権力を独占できて、反対勢力が育たない規模がそれくらいなのだ。こうした植民星系は、地球圏との交流を可能なかぎり縮小する傾向にあった。

他星系の反権威主義的な価値観が広がるのを嫌ったのと、星系社会が物質的に貧しいことで、わずかな富の提供で潜在的な反対派を取り込むことができたためだ。

じっさい、そうした権威主義的政府の独裁者グループは絶大な権限を持っていたものの、生活水準はそれほど高くはなかった。市民の多くが赤貧なので相対的に富裕に見えただけなのだ。

このため今日では民主的に選ばれた政府首班は任期も決まっていれば、就任回数も二回が限度と定められていた。首相選挙の延期にしても、地球圏政府の許可が必要だった。

「基本法に抵触しない解決策はある」

ルトノは言う。

「あくまでも選挙の延期のみであり、なおかつこの場合、君が再度出馬することはできない」

「もとより続投するつもりはないですけど、本当にそれは合法的な手段なんですか？　基本法の曲解で後世に禍根を残したりしませんね？」

「完全に合法的だ。

いまセラエノ星系には偵察戦艦青鳳が来ている。そして夏クバン艦長は、准将の階級だ。基本法の附則文書の規定に従えば、現地政府首長と宇宙軍将官の双方が非常事態と認めた場合、夏艦長に司政官権限が与えられる。

司政官など、いまとなっては黴《かび》の生えた条項だが、しかし効力は失っていない。そして司政官権限で首長選挙は最長二年の延期が認められる。

ワープ不能という状況で夏艦長が司政官条項に反対するとは思えん。我々が要求するのは選挙の延期だけだ。だからあとは首相である君の決断だ」

官房長官と内相、商工相の三人が合意しているなら、閣僚の支持はほぼ固まっていると考えていいだろう。

「話はわかりました。けど、ここで即答できる内容ではないのはおわかりですね？　明日、改めて検討しましょう。必要なら挙国一致内閣のようなものを組織しなければならない」

「挙国一致内閣か、ずいぶんと古い言葉を知ってるんだな」

そんなルトノにアーシマは言う。

「それもあなたから教わった」

新暦一九九年九月二二日・軌道ドック

駆逐艦セラが回収した前方ビザンツ点の謎の人工衛星は、軌道ドックに運ばれ、工作艦明石に移された。明石への移送には理由があった。

「超音波検査はセラでも行なったんでしょ？」

妖虎は艦長である姉の涼狐に確認する。二人は、非破壊検査のための作業台に据えられた二つのシリンダーの前にいた。

「セラの超音波検査は爆発物の有無を調べるためのもので、構造解析をしたわけじゃない。そもそもあの程度の装備なら、爆弾がシリンダーの奥に仕込まれていても発見は無理でしょうね。まぁ、爆弾があるわけはないし、じっさいセラも無事に帰還した」

妖虎はそれを随分と雑な根拠とは思ったが、爆発物がないという点では同意した。セラエノ星系に設置した通信衛星に自爆装置を内蔵する必然がないし、仮に自爆するとしたら秘密保持のためだろうが、それなら回収時点で自爆している。アンテナのワイヤーは切断したというのだから、機能不全という可能性もなさそうだ。

ただこのシリンダーの中で、何らかの機構がいまも作動中なのはほぼ間違いないだろう。

「それで何を調べたいわけ？　それで調査法も変わるけど」

「まずは、このシリンダーの筐体《きょうたい》の構造。セラの連中はリベット止めだと報告してきたけど、椎名たちが搬入時に調べ直したら、リベットじゃないらしい。かなり過酷な温度に晒《さら》された状態で外部環境を計測するセンサーが、あのリベットと思われたものの正体じゃないかと言っている。

まぁ、どういう想定で製造されたかわからないけど、どうも様子がしっくりこない。だからできるだけ無傷で解体したい。リベットの正体がセンサーだったとしても、密閉容器にしたのだから、どこかに接合部があるはず。その場所と、可能ならロック解除の方法を見つけたい」

「だから明石に運んだのか。まぁ、ミューオントモグラフィーで解析できないものはないけど」

妖虎は、それについては自信があった。じっさい明石のミューオントモグラフィーは、いままで多くの非破壊検査での実績がある。

ワープ航法の実用化は、それ以前の宇宙船開発の方向性を著しく変化させたが、もっとも大きな影響を受けたのは核融合推進の分野だ。従来の宇宙船用の核融合炉については、可能なかぎり燃焼温度と密度の高い核融合プラズマを噴射させる方向で研究が進んでいた。

しかし、ワープ航法の実用化に伴い、求められたのは高性能の発電装置としての核融合技術であった。そしてワープ主機の粒子加速器コンポーネントとの相性の良さもあって、核融合炉の主流はミューオン触媒核融合反応を利用したタイプとなっていた。

工作艦明石は半壊した二隻の宇宙船を結合させた関係で、通常のクレスタ級輸送艦よりも豊富な電力を活用できたと同時に、核融合反応に用いるミューオンを非破壊検査に活用できるような構造となっていた。

ミューオンの照射口は艦内と艦表面にそれぞれ一つずつある。艦内のものは、いまシリンダーが設置されている場所にあり、作業台の上の機械類を調査できた。

艦表面のものは、艦内に収容できない大型のものを調査するためで、照射したミューオンの受信用に二機のギラン・ビーを待機させねばならないなど、なかなか手間がかかった。

涼狐から作業の概略を確認すると、妖虎はそのままスタッフに命じて作業にかかる。彼女と他に二名もいれば準備は終わった。

「先輩、見学していいですか？」

作業中にどこから聞きつけてきたのか、松下紗理奈が現れた。輸送艦津軽の運用長が、こんなに明石に入り浸っていいのかとも思うのだが、迷惑どころか彼女がいるとツーカーで話が進む。それに西園寺艦長からは何のクレームも来ないので、工作艦明石では松下を拒む理由はない。とはいえ松下が来週の明石工作部シフト表に、自分の名前も入れようとしていたのは止めたが。

「見学といっても、そんな面白いことは起きないよ。シリンダーは固定した。あとは自動で架台ごと回転するだけだから」

　セッティングが終了し、目視の安全確認ののち、妖虎や松下たちは、隣接する狭い制御室に移動する。一瞬で惑星も素通りできるほどの透過性を持ったミューオンであるから、多量に浴びても健康に害はないし、そもそも金属壁一枚で阻止できるものではない。

　それでも安全のために制御室に移動するのは、シリンダーを固定した架台が立体的に旋回するためだ。巻き込まれ防止措置である。

「紗理奈はなんだと思う、あの衛星」

　妖虎も学生時代から松下のことは知っている。こうしてやってくる時は、自分の仮説を披露するためのことが多かった。

「笑わないで欲しいんですけど、恒星間宇宙船じゃないかと思います」

　妖虎はその意味を理解するのに、数秒かかった。いまどき恒星間宇宙船といえばワープ宇宙船のことだ。しかし、あのシリンダーはそんなものではない。

　しかし、松下が言っているのは別の装置だ。ワープは使わず、核融合推進で自力で恒星間を移動する宇宙船のことだ。どこから、そんな結論になるのか？

「私も駆逐艦セラの報告と、さっきシリンダーの実物を見て確認できたんですけど、二つのシリンダーのうち、ダイヤモンド装甲は一つにしか施されていなくて、しかも片面だけですよね。

だからあの二つは元々は一つの長いシリンダーで、ダイヤモンド装甲部分が先端部だったと解釈できます。その状態で亜光速で飛行したら、先端のダイヤモンド装甲は星間物質との衝突でかなり摩耗するはずです」

すぐには信じ難い仮説だが、しかし、目の前のシリンダーの状態とは矛盾はない。もちろんその矛盾のなさは、あくまで情報の少なさに起因している。判断材料が乏しいなら、矛盾があると指摘するのも容易ではない。

それでも松下の仮説は、妖虎には簡単に否定できない気がした。

「恒星間宇宙船という根拠はダイヤモンド装甲だけ？　仮にそうだとして何を目的に？」

「人類世界に六〇ほどある植民星系で、位置が正確にわかっている星系は三分の一もありません。地球圏から離れれば離れるほど位置は不明確になります。セラエノ星系のあるボイドに至っては地球との距離さえ不明です。

そのような状況の中で、星系の位置を正確に知るために一番確実な方法は、ワープに頼らずに恒星間を移動し、周辺星系の電波情報を集めることです。

ミューオン触媒核融合炉でも、時間さえかければ恒星間移動は可能です。ボイドに位置するセラエノ星系でも一世紀の時間があれば、外部から探査機を送ることは可能です。

たぶんこれ一つだけでなく、幾つもの探査機を送り出した星系があったとすれば、その中の一つがセラエノ星系に到達したとしても不思議はありません」

「それだけ？」

妖虎の問いかけに松下は身振りを交えて説明する。

「仮にこの仮説が正しいなら、それほど遠くない領域に人類の植民星系が存在することになります。衛星を運んだ恒星間宇宙船の性能が低いなら、それは比較的近い星系にあるかもしれません。もちろんそれでも三〇光年は離れているはずですけど。

ただ、一番近い植民星系がわかって、そこにこの衛星の電波が届いているなら、地球圏との完全な交流断絶は、髪の毛ほどの隙間ではありますけど回避できる」

それを紗理奈の願望と言い切るのは容易《たやす》い。しかし、これが本当にワープではなく核融合推進による恒星間宇宙船であったなら、辺境の植民星系が相互の位置関係を知ることができた初めての事例となる。それはワープ航法を可能とするパラメーター設定を絞り込む上で、大きな助けになるだろう。

ワープ航法は、原理がわかっていないがゆえに、地球とパラメーターの判明している植民星系の往復だけが可能な構造になっていた。植民星系間の交流も一度、地球圏を介さねばならない。

だがここでセラエノ星系とどこかの植民星系の位置関係が確認できたことで、植民星系間の直接的なワープが可能となったなら、それはセラエノ星系の孤立化問題を解決するだけでなく、人類社会の在り方にも少なからず影響を及ぼすだろう。

もちろんそんなことはやはりできない可能性もある。歴史の古い地球近傍の植民星系でも未だに直接の交流は成功していない。それでもやってみる価値はあるだろう。いまのセラエノ星系には、何よりも孤立化回避のための希望が必要だ。

妖虎が松下とこの仮説について話していると、ミューオントモグラフィーの解析結果が出た。

妖虎は松下にもわかるように、二つのシリンダーの立体映像を制御室の中に表示する。映像は急激に大きくなり、二人はダイヤモンド装甲が施された側のシリンダーの内部にいた。

そこは大きなシリンダーの中に少し小さなシリンダーがはまり込むという入れ子構造になっており、そんな階層が一〇段ほど続いていた。

そうした構造には妖虎も松下もあまり記憶はなかった。さらに一〇層のシリンダーの表面には、文字や羽をむしったチキンのようなものが描かれていた。

「先輩、こんなこと言ったら笑われるかもしれないですけど、この衛星、人間が作ったものじゃないのでは？」

そんな松下に妖虎は言う。

「紗理奈、それを言っちゃダメ」

7　イビス

新暦一九九年九月二五日・軌道ドック

「我々も呼ばれるって、どういうことなんですかね？」

輸送艦津軽の宇垣船務長は、隣席の西園寺艦長に小声で話しかける。

「貴重なワープ宇宙船の幹部だから来いってことだろう」

西園寺は短くそう答えた。彼らが集められているのは、軌道ドックのリング内にある食堂だった。直径五〇メートルのリングが三〇秒で一回転して、内部に地上の一割程度の微弱な重力空間を作り出していた。大人数が集まれる場所がそこしかない。それとてやっと三〇人ばかりを収容できる程度の容積しかない。室内はほぼ満席だ。

椅子もテーブルも固定されているため、政府関係者もそれ以外も席次を無視して座るしかない。

もっともリングはすべてが居住区画ではなく、ほとんどが観覧車のようにフレームだけで、居住区モジュールは回転軸から対称な位置に二ヶ所だけだ。そのうちの一つが食堂だ。軌道ドック自体が簡単な構造なので、この重力区画も一つしかなく、二つのリングを反対方向に回転させてトルクを打ち消すようなことさえしていない。トルクの問題は、軌道ドックの姿勢制御機構をかねた大型のフライホイールで調整していた。それでも小さな施設では関連設備の大きさにも限界がある。リングの回転速度が低く、遠心力が弱いのはこのためだ。

会議に呼ばれたものの、津軽の幹部は西園寺艦長と宇垣船務長だけだ。実を言えば、松下運用長もいるにはいるのだが、彼女はなぜか最前列の主催者側テーブルに着いている。

「艦長、どうするつもりなんですか、彼女？」

宇垣が松下の方を顎で示す。船務長は、工作艦明石にばかり入り浸る運用長の態度を快く思っていなかった。あからさまに津軽を見捨てるように見えるからだろう。

「それは運用長が決めることだ。艦長といえども、人の人生には干渉はできんよ」

「そんなもんですかね」

西園寺が見るところ、宇垣の松下への反感は不安の現れだろうと思っていた。地球圏に戻ることができないとは、輸送艦津軽の本来の所属から切り離されているということだ。

西園寺は独身で親兄弟もいないが、宇垣船務長をはじめとして、地球圏に家族のいる乗員も多い。家族と切り離されるということが、この二週間で彼らにも現実のこととして認めざるを得なくなったのだ。

そうした宇垣からすれば、運命共同体であるはずの津軽の乗員の中で、松下がいち早く自分たちを見限っているように見えるのだろう。

ただ西園寺は、宇垣の気持ちもわかるが、松下のほうが正しいと考えていた。あれから二週間が経過したが、状況はまったく良くならない。こちらから地球に戻る試みは途絶えているとしても、偵察戦艦青鳳までが音信不通なら、地球なり宇宙軍がセラエノ星系への宇宙船派遣を考えるはずだ。

しかし、未だに地球からの宇宙船は現れない。つまりセラエノ星系から地球圏に戻れないように、地球圏からもセラエノ星系にワープできないということだ。

こんな異常事態が明日明後日に元に戻るとは思えない。宇宙の尺度では、この現象も一時的なものだとしても、人間にとっては年単位あるいは世紀単位の現象は、人生や社会を一変させてしまう。

そうであれば、このセラエノ星系で生きてゆくことを考えるべきなのではないか。西園寺は最近そう思うのだ。

　実を言えば、西園寺艦長は輸送艦津軽の身の振り方を考えていた。恒星間輸送艦は「艦」と類別されていることからもわかるように、軍籍に入っている。

　しかし、これは建造費の補助金が宇宙軍から出るという制度によるものだ。つまり軍からの要請があれば、それを最優先で執行する義務と引き換えの補助金だ。

　だから通常は、船会社で輸送業務に就いている。西園寺艦長にしても、軍艦籍にある宇宙船だから艦内編成が軍艦式なだけで、内実は普通の商船と変わらない。

　もちろん輸送艦津軽の所有権は西園寺にはない。ただし、艦長としての権限は与えられており、緊急事態では艦を処分することはできた。

　現在の自分たちの状況は、緊急事態と言ってよいだろう。だとすれば津軽をどうするかは、艦長である自分に決定権がある。なるほど所有権は船会社にあるわけだが、地球圏との通信が途絶している状況ではそれは無視していいだろう。保険もあるから、船会社へのダメージは考えなくてもいい。

　最優先で考えねばならないのは、津軽の所属だ。この二週間はワープ不能の影響で、基本的な整備は行われたものの、今後の見通しはできていない。

　しかし、この状況が長期化するなら、輸送艦津軽はどこかに所属を移さねば、整備ができないままセラエノ星系で朽ち果てることになる。乗員たちの生活も成り立たない。食事でさえいまは艦内の備蓄で賄《まかな》っており、外部からの補給はないのだ。

もちろん運用長が以前に言ったように、艦内設備を改造すれば自給自足体制は構築できる。しかし、目の前に文明世界があるのに、カツカツの生活で自給自足するなど不合理だろう。

問題はどこに帰属するかだ。セラエノ星系政府が一番自然だが、果たして政府が自分たちを受け入れてくれるのか？　受け入れるとしてどのような形か？　乗員は難民として扱い、輸送艦は政府管理とするという可能性もある。地球圏に移動できない輸送艦を所有しても、セラエノ星系政府にメリットがあるとは思えない。

ただ西園寺はそれよりも、夏艦長の青鳳の傘下に軍の輸送艦として編入されることができないか考えていた。青鳳と津軽で戦隊を編成し、宇宙軍としてセラエノ星系との関係を作り上げるほうが安心できる。

そうすれば星系政府は宇宙軍に必要な支援を行わねばならず、ワープ航法がいつ復活しても、そのまま地球圏に戻ることができる。セラエノ星系に骨を埋めることを決断するのはまだ時期尚早だろう。

その点では松下運用長の動きは軽挙妄動にも思えるが、彼女の場合、地球への帰還が可能かどうかにかかわらず明石に移るほうが幸せにも思える。

「それでは、時間になりましたので、ブリーフィングを始めます。なおここで話される内容は、セラエノ星系政府からの情報公開がなされるまで非公開でお願いします。情報漏洩が認められれば、刑事罰に処されます。現在、セラエノ星系は非公開の非常事態宣言下にあります」

最前列のテーブルから立ち上がったのは、文部相のアランチャ・エブラルだった。言っていることの剣呑《けんのん》さからすれば、内務相のルトノ・ナムジュあたりが議事を仕切るのが妥当と思うが、彼の姿は見えなかった。

「本日は政府代表として、アーシマ首相の代行でこの場にいます。したがって、ここでの私の発言は政府の公式見解と理解していただいて構いません。

ただし、未だ不明の情報も多いため、分析内容に関しては今後修正されうることをご理解ください」

説明らしい説明もなく集められただけに、西園寺には政府が何を説明するのかがわからない。ただ気がついたのは、政府関係者らしい人間を除けば、ここにいるのは恒星間ワープ航法を可能とする大型宇宙船の幹部ばかりということだ。

青鳳は当然として、明石の関係者もいれば、巡洋艦の艦長や船務長もいる。そして津軽の自分たちだ。もしかすると、セレエノ政府はいち早く自分たちのような大型宇宙船の所属に対して何か提案をしてくれるのか？

しかし、それは予想もしていない説明で覆《くつがえ》された。

「先日、前方ビザンツ点にて、我々はある衛星を回収いたしました。驚くべきことに、その衛星はおそらくは核融合推進により恒星間を移動し、このセラエノ星系に到達、星系内で傍受した観測データをアイレム星系に送信する能力を持っていました」

その話は、実際にアイレム星系にワープしてしまった西園寺も知っていた。セラエノ星系からの正体不明の電波をアイレム星系で傍受したというものだ。

宇宙軍なり何かのカルト集団が設置したらしいという噂は耳にしていたが、それ以上の関心は彼も持っていなかった。世の中にはそれより重大なことは幾らでもあるのだ。はっきりいって、これは政府代表が人を集めるような話ではないはずだ。

「その通信衛星を回収し、ミューオンによる非破壊検査の結果、この通信衛星が人類以外の知性体により前方ビザンツ点に設置されたことがわかりました」

エブラル文部相がこの場にいるのは、科学者による調査が行われた関係だろう。また閣僚の中で比較的注目を引かないこともあるだろう。しかし、その発表内容の重大さにもかかわらず、会議の場は沈黙で包まれた。こんな話をいきなり聞かされて、どう反応すればいいのだ？

反応がないことに少しばかり首を傾げながらも、彼女は続けた。

「まず、損傷具合などから判断し、この衛星はセラエノ星系に植民活動が行われるよりも前に、おそらくはアイレム星系から送られてきました。

衛星の構造強度から判断して、宇宙船の加速度はそれほど大きくないことから、推定で五光年の移動には最短でも五〇年、おそらくは一〇〇年近くかかっているものと思われます。知っての通り、セラエノ星系の開発は七〇年前に始まりましたが、都市が誕生し、開発が本格化したのは半世紀ほど前からです。ですから植民活動に反応して通信衛星が送られたとしたら、計算が合いません」

「その地球外文明は、ワープ技術を持っていないの？」

その質問をしたのは夏艦長だった。地球人の彼女の視点では、アイレム星系の異星人は地球外文明という認識になるのだろう。

「それはわかりません。我々は二世紀近くワープ航法を活用してきましたが、今回の事件があるまでアイレム星系へはワープできませんでした。

人類外文明がワープ航法を実用化していたとしても、彼らも我々同様に隣の星系への航路を見つけられなかったとすれば、腕力で恒星間宇宙船を飛ばすしかないでしょう」

「問題の衛星は、本当にアイレム星系に通信を送っていたと解釈していいのですか？」

夏艦長はさらに質問する。異星人文明の存在自体は、彼女の中では受け入れられているらしい。その点がまだ半信半疑の西園寺には、いささか意外だった。

「この領域はボイドです。あの程度の通信衛星でアイレム星系以外に電波を送るのは現実的ではありません。五光年先のアイレム星系でなければ、さらに三〇光年以上の遠距離に通信を送らねばならなくなります」

「先ほどからの話を聞く限り、セラエノ星系政府はアイレム星系の異星人文明を認識していると解釈してよろしいか？」

夏艦長は本題に入った。西園寺はやっと彼女の問題意識がわかってきた。現時点で大型宇宙船はセラエノ星系とアイレム星系の間をワープできるだけだ。だとするとボイドの中に人類以外の文明が存在したとしたら、自分たちは地球から孤立した状態で人類外文明と接触することになるのだ。相手の正体が不明の中で、数少ない戦闘用宇宙船の艦長としては、わかっている範囲でも最大限の情報を求めるのは当然だろう。

しかし、夏艦長の思考は西園寺の先を行っていた。

「ここにいる皆さんは、どうして小職がこのことにこだわるのか訝《いぶか》しく思われるかもしれません。

ですが私は、現在の我々の状況とこの問題は密接な関係があるのではないかとの疑いを払拭《ふっしょく》できないでいます。

それはどういうことかといえば、アイレム星系に文明が存在し、それがもしも我々よりも高い科学技術を有していた場合、彼らには我々と地球の交通を遮断することが、あるいは可能かもしれないということです」

夏艦長の発言は、静かだった会議の場に喧騒を巻き起こした。ただその受け止め方はさまざまだった。異星人を説得すれば地球との交通遮断は終わるという解釈をした者もいれば、異星人との交渉など異質すぎて絶望的だという者もいた。そして多くは、その仮説をどう解釈すべきか途方に暮れていた。

「静粛になさってください、皆さん」

エブラル文部相が議長として発言する。

「夏艦長、あなたの仮説は興味深いものですが、イビスが我々を孤立化させる必然的な理由があるという根拠はなんでしょうか？」

「すいません、議長。イビスとは？」

エブラルはそれに対して、夏艦長ではなくその場の全員に向けて返答する。

「アイレム星系の知的存在（Intelligent beings in the Irem system）の略称です。ＩＢＩＳ

つまりイビスです。まだ閣議決定も何もされていませんが、これがもっとも自然な呼称でしょう」

夏艦長はイビスという呼称に反対せずに、自説を述べた。

「イビスがいかなる生物か不明である状況で、その意思について議論するのは建設的ではないでしょう。ただそれでも、彼らにとってセラエノ星系を孤立化させる利点があります。セラエノ星系は完全な自給自足こそできていませんが、食糧生産に関しては外部からの支援なしに必要量を生産できる。そして人口一五〇〇万のこの社会は、人類文明を知る上で必要なすべての要素を具現している。

つまりセラエノ星系を地球圏から切り離し、孤立化させることで、イビスは人類文明の構造を研究する上で理想的なモデルを手に入れられます」

「議長、夏艦長の説には疑問があります。発言を許していただけるなら、説明したいと思います」

驚いたことに、そう発言したのは松下運用長だった。彼女にそんな積極性があるとは、西園寺には意外だった。

「松下博士、発言を許可します」

エブラル文部相のその言葉で、松下がこの二週間で自分とは別の道を歩んでいることを西園寺は悟った。津軽の外では、彼女は運用長ではなく、専門技能を有する博士として遇されているのだ。

「まずイビスの技術水準は、衛星の非破壊検査の結果から推測すれば、人類とはそれほど隔絶した水準にあるとは思えません。我々は彼らの設計思想こそ理解できませんが、概《おおむ》ね衛星の構造は理解することができます。

さらに衛星内に記された宇宙船全体の略図から推測すれば、機関部の熱的な負荷は核融合としてはかなり控えめで、ミューオン触媒核融合の可能性が高い。それは核融合技術について、我々と同レベルと考えても間違ってはいないはずです。

イビスのワープ技術については、この衛星だけからはわかりませんが、アイレム星系からセラエノ星系への移動にワープ航法は使えなかったのは間違いないでしょう。

その程度の技術力の文明が、一方的に我々の交通を遮断することは、まずあり得ないと考えるのが妥当ではないかと思います。

そもそもイビスは、人類の文明に関心があったのかどうかも疑わしいと私は考えます」

真正面から自分の意見に異を唱えられたにもかかわらず、夏艦長は好意的な視線を松下に向けていた。そして隣の船務長らしい男に何か囁いている。気のせいかもしれないが、「欠員の運用長に……」と言っているように西園寺には聞こえた。

「人類に関心がないと、あの衛星から結論できるのですか、博士？」

夏艦長は松下に対して、口調も少し改めた。

「回収されたイビスの衛星は、構造が比較的単純だったことから、おそらく恒星セラエノの観測を目的としたものです。これは衛星がアイレム星系から出発したのが、セラエノ星系の入植前と考えられることからも、矛盾はありません。

衛星は鉄を主体とした合金です。そして表面の腐食具合から判断し、セラエノ星系へ到達して活動を開始したのは、二〇年から一〇年の比較的最近と思われます」

エブラル文部相に報告はなかったのか、彼女はその根拠を松下に求めた。

「恒星間航行中は宇宙線による損傷が中心でありました。亜光速であるため、損傷は先端のダイヤモンド装甲が主として担う形になります。

ですが、衛星の側面にも微細な衝突痕が認められました。ボイドの領域内では宇宙塵密度が極端に低く、それが増えるのはセラエノ星系内だけです。星系内の宇宙塵密度と塵の大きさの中央値はわかっていますから、表面の微細クレーターから衝突速度が割り出せます。

結果としてそれは公転速度レベルであり、そうした宇宙塵の衝突確率からクレーターの数を計測すれば、活動期間が求められるわけです」

宇垣船務長はつまらなそうに松下の話を聞いていたが、西園寺は違った。研究者としての松下は、彼が知る運用長とは別人のようだった。いままで津軽で特に問題もなく彼女は働いていた。

あの年齢で輸送艦の運用長になるのは早いほうだとさえ考えていた。しかし、松下には松下の事情はあったにせよ、自分は艦長として彼女の能力にも気がつかず、才能を広げる場さえ提供してこなかったことに、自責の念を覚えていた。

松下はさらに続ける。

「じつはまだ詳細は分析中ですが、惑星レアのある学校の観測施設が正体不明の発光体を観測しています。再現性はなく、数日で消滅したので、それ以上の調査も行われていません。それが一五年ほど前です。

当時はいま以上に天体観測施設が貧弱でしたので、それがイビスの衛星だったとしても、発見されなかったのは仕方がないでしょう。これが地球圏ならまったく話も違ったでしょうが。

いずれにせよ少なく見積もっても、一〇年は活動していた。アイレム星系は五光年離れていますから、彼らが我々の文明の存在に五年以上前から気がついていて然るべきです。位置関係からして、衛星は何度も惑星レアからの人工的な電波信号を傍受できたはずです。

よしんば衛星が、惑星レアから発せられる電波信号を傍受できなかったとしても、航法のための信号は発しているのですから、我々の存在に気がついているはずです。少なくとも彼らにはその能力がある。

にもかかわらずアイレム星系からの信号も傍受されず、新たな探査衛星も送られていない。ワープ宇宙船も確認されてはいません。こうしたことから考えるなら、イビスが人類文明に関心を抱いていると判断する根拠は乏しいと考えるべきではないでしょうか？」

イビスが人類文明に興味を持っているかどうかの議論は、夏艦長が納得したことで、それ以上は続かなかった。彼女がどこまで納得したかはわからないが、イビスの意図をここで人間が論じても答えは出ないためだろう。

「松下博士、他に衛星から得られた情報を教えてください」

エブラル文部相は、松下を指名した。どうも、本来これに関する説明はエレンブルグ博士が行う段取りだったらしいが、ここまでの議論の流れから急遽、松下が行うことになったようだ。隣で狼群妖虎が松下を励ますと、彼女は立ち上がった。

「衛星の技術水準の概要はエブラル文部相の説明通りです。我々が非破壊検査で確認したもう一つの情報を説明します」

松下の後ろの壁に一つの映像が浮かぶ。すぐに場内がざわついた。西園寺が最初に感じたのは、手足の長いペンギンだ。あるいは鳥っぽいヴェロキラプトルとでもいうべきか。ここまでの話からして、これがイビスの姿らしい。

映像は二組あり、一つは衛星で発見された画像そのものらしく、円筒の表面に描かれたように湾曲している。もう一つは、その画像を平面に投影したものだ。そんな映像が衛星の二つのシリンダーそれぞれについて表示されていた。

イビスは人間でいうなら横向きの姿勢で、右腕を上に、左腕を下にと、腕を上下に広げていた。これが何を意味するのかはわからない。解剖学的に他の知性体に自分たちの姿を説明する図ではなさそうだ。

図では右腕が上で、左腕が下であり、その腕と腕の間に、二四行にわたって記号が描かれている。なぜ二四行なのかはわからないが、映像ではイビスの指は六本だった。足の指までは描かれていないが、それも六本なら指の数は計二四本となる。

彼らが人類と同じような数の数え方をするならば、六進法、一二進法、二四進法のいずれかを用いている可能性があると思われた。

「衛星の内部で確認できた記号は幾つかありますが、もっともメッセージ性が高いと思われるのが、このイラストです。

この生物が多少なりともイビスの姿を投影したものであるのか、それとももっと別の抽象的な意味合いなのかはわかりません。データファイルのアイコンとして双頭の鷲やライオンが描かれているようなことは、人類社会の中でも普通にあります。

それでもイビスの体型が、概ね人類と類似していると結論するのは、それほど飛躍ではないと考えます。この生物がイビスであれ、別の生物であれ、アイレム星系での進化の過程で分岐した種であれば、生物として多くの共通点を継承しているはずですから」

「運用長自身はその仮説をどこまで信じているんだ？」

西園寺はいつもの調子で松下に尋ねたが、周囲からは不審そうな表情で見られてしまう。そう、彼女はここでは津軽の運用長の立場ではないのだ。

「これだけでは、結論は出せません。ただ彼らがこれをアイレム星系から送り出した時点でセラエノ星系への植民は行われていないことからも、この記号がイビス以外の知性体に向けたものという可能性は低いと思います。ボイドのような環境で、他の知性体と遭遇する確率は決して高いとは言えません」

そう言うと松下は、さらに幾つもの記号群を表示する。それが衛星内で確認できた記号のすべてらしい。

「文字の解読などは現時点で成功しておりません。サンプルとなる資料が絶対的に不足しているためです。それでも幾つかの収穫がありました」

画像の記号群が動き出し、頻度順に並び替えられた。一三個の記号の頻度がもっとも高く、他の記号は一回か二回くらいしか使われていなかった。

興味深いのは、イビスの描かれたイラストには、それらの使用頻度の高い記号が規則正しく二四行にわたって並んでいる。

「これらの一三個の記号は、相互の並び方のパターンから判断して、一二個の数字と我々の小数点に相当すると思われます。

若干の説明をすれば、我々はこの記号の幾つかが、衛星のシリンダーの直径や長さを表現しているものと仮定しました。そうした観点から数字列を解読したところ、矛盾のない組み合わせが存在しました。

それによりわかったのは、イビスは一二進法を用い、有効数字という概念を持っている。さらに基本となる長さの単位は我々の一メートルに対して、イビスのそれは一・二一メートルに相当します。さらに時間の単位は我々の一秒に対して、彼らはほぼ〇・八秒を基本としているようです」

「数字はともかくとして、なぜそんなことまでわかるの?」

夏艦長が尋ねたが、それは西園寺も同じだ。しかし松下は、その質問は予想していたらしい。

「この二四行の記号列は、衛星のシリンダーの諸元を記述したものとの仮説を立てました。シリンダーは二つあり、直径は同じですが、長さが違います。非破壊検査ではどちらのシリンダーにも同様のイラストがありましたが、長さを表記したと推測される部分だけ数値が違い、実測値と彼らの数字表記の違いから、基本となる長さを割り出しました。

時間の単位については、二つのシリンダーともに電子機器としてはまだ稼働しています。微弱な電磁波が計測され、内部の回路は正弦波の電流が使われていることもわかりました。

ただ、それぞれのシリンダーで使用されている正弦波の周波数は違っていました。正弦波が発生しているユニットはすぐにわかりました。そのユニットには、おそらく機器の定格に相当すると思われる記号が表記されていました。異なる周波数の正弦波を発生するユニットで、記号の違いは一つだけで、それは数値であることがわかっています。周波数の計測値とユニットの表記の違いから、一ヘルツに相当する単位を割り出しました。

生憎《あいにく》とイビスの一秒に相当する時間単位しか解読はできていません。一時間が何秒で、一日が何時間かまではわかりません。そもそもそうした時間分割の概念があるかどうかも不明なので」

場内は再びざわついた。イビスの一秒が人類の〇・八秒という話にではなく、衛星内の乏しい記号からそこまでのことを読み取った事実にだ。

「ここで憶測を交えた仮説を述べさせていただければ、この鳥のような生物がイビスであった場合、その大きさについてもある程度は見積りが立てられます。生物の大きさと代謝率についてはクライバーの法則というものがあります。ワープ航法以前の地球の生物に対しての法則ですが、各植民星系の動物に対しても、概ね合致することが知られています。生物が大型になればそれだけ代謝が大きくなるという法則ですが、どの星系の生物も、炭素と水を利用する地球の生態系と大きな違いがないために、この法則は地球外でも成立していることが確認されています。

イビスの長さの単位が、人類と同様に最初は身体の長さを基準にしているとした場合、このイラストで生物の片腕の長さが概ね一・二メートルあります。そうなると衛星内に描かれたイラストはほぼ等身大、概ね一・八〇メートル前後が彼らの身長と解釈しても矛盾はありません。等身大で描くということそのものは、異星人でもそれほど不自然な行動とは言えないでしょう」

西園寺はもう一度、そのイビスと思われる生物のイラストを見直した。人類の六〇近い植民星系の生態系は、それぞれに特色はあったものの、俯瞰すれば地球の生態系と大差なかった。

それはどこも恒星のハビタブルゾーンを公転する地球型惑星であったためかもしれないが、光合成を行う海洋微生物が存在し、海中の鉄イオンはそれらの代謝産物である酸素により海底に沈澱し、どの惑星も海の色は青い。

酸素分圧が高めの惑星では、全長二〇メートル近い陸棲生物が生息していたが、それが既知の陸棲生物では上限と考えられていた。植物の生産性と酸素呼吸による代謝、惑星重力の制約から、陸棲生物のスケールはどこの惑星でも大きな違いはなかった。全長一〇〇メートルを超える巨獣が暴れ回るような惑星などないのだ。

だからイビスが人類と大差ない大きさというのは、西園寺にも納得できる仮説だった。

「アイレム星系で、地球型惑星はバスラとサマワですが、生態系の存在が観測されているのはバスラだけです。もちろん我々がアイレム星系に到達できたのは二週間前ですし、到達した回数も片手で数えられる程度です。バスラについての調査らしい調査は行われておりません」

そして映像の中に一つの惑星が現れた。地球でもレアでもない惑星であり、これがバスラなのだろう。映像の中でバスラは回転し、惑星全体の姿が表示される。

「過去にアイレム星系に到達した時に観測されたバスラの映像です。複数のソースから合成していますので、解像度にはばらつきがあります。それでも最低でも一〇メートル程度の解像度は確保されている。この精度では都市が存在すれば識別可能です。しかしながら、見ておわかりのとおり、明確に都市と判断できる人工的な構造物はありません」

西園寺も目を凝らしてみたが、都市と思われるものは見当たらない。彼もいくつかの星系に輸送任務にあたり、惑星軌道上から地上を観察したことは何度もある。

一般に解像度が一〇メートルあれば、都市や宇宙港、港湾施設などは容易に識別できる。にもかかわらず惑星バスラに都市が確認できないのは、存在しないか、隠されているかのいずれかだろう。

しかし、都市を隠すとは誰からだ？　ボイドの中にはセラエノ星系しかないというのに。

「我々から都市を隠そうとしているためではないのか？」

宇垣船務長が不機嫌そうに言う。

「その可能性は低いと思います」

そう松下が口にするのと同時に、エブラル文部相が宇垣に顔を向ける。

「不規則発言は慎んでください。ちなみにあなたは？」

「輸送艦津軽の船務長の宇垣です」

その時のエブラルの表情は、西園寺にはショックだった。彼女はそれ以上は宇垣を窘《たしな》めるでもなく、何か納得したような表情を見せたのだ。はっきりとは言えないが、津軽の評判は必ずしも芳《かんば》しくないらしい。

「それでは松下博士、続けてください」

文部相に促され、松下は続ける。エブラルはすでに宇垣を見ていない。

「簡単に言えば、我々の入植が始まってから都市の隠蔽化に着手したならば、それは惑星規模にならざるを得ません。たとえば惑星のアルベドでも、急激な変化は他の文明の関心を引くものと考えるのが合理的でしょう。

一方で、イビスが都市を隠蔽しようとしているなら、それはかなり徹底したものであることになります。解像度一〇メートル程度とはいえ、我々は惑星表面に一本の幹線道路、一つの運河、その他、空港、港湾などのインフラも、その痕跡さえ見つけることには成功していません。

強いて言うならば、バスラの大陸部の中央が山脈地帯で広大な荒野が広がっています。ここに地下都市を建設したならば、発見はかなり困難です。しかし、ここに都市を建設するメリットは、私が人間であるためかもしれませんが認められません」

西園寺は、イビスが鳥人間なら空を飛べるので、交通インフラは不要ではないかと思ったが、さすがに口にはしなかった。そんな理屈が通るなら、そもそも人間は歩けるのに、なぜ自動車を発明した？

「発言を許していただけますか？」

夏艦長が挙手すると、エブラルは発言を促した。

「いまの松下博士の説明で、一つ思いついたことがあります。ある文明が存在し、ワープ航法の技術を有していた。その文明は、別の何かに深刻な脅威を感じていた。

彼らは文明の避難場所を求めていた。そうしてアイレム星系の航路を開拓した。ボイドの中であれば、ワープ技術を持たない文明からは、三〇光年にわたって何もない空間が巨大な壁として機能する。

そして彼らがアイレム星系に向かうワープ航路をすべて掌握しているなら、ワープアウトする領域だけを監視すればいい。必要なら、その領域にだけ戦力を配置すれば、星系の防衛は可能。

ワープアウトの防衛に失敗しても、バスラの地下要塞に籠城することができる。アイレム星系の第二惑星サマワは第一惑星のバスラより小さく、恒星アイレムより遠い位置にありますが、そこにも地下要塞が建設されているかもしれない。回収された偵察衛星は、イビスが脅威とする存在が、セラエノ星系への航路を開拓したかどうかを知るためのものであるとの解釈も可能でしょう」

西園寺にとってセラエノ星系のあるボイド領域は辺境の厄介な場所でしかなかった。だが夏艦長の、三〇光年の距離の隔たりを防衛線として活用するという発想には、目から鱗が落ちる思いがした。

「もちろん、現時点でこうした意見は極論であることは十分理解しております。惑星バスラの地下要塞が存在するより、バスラにはイビスなど存在しない確率のほうが高いくらいです。

ですが、存在を隠さねばならないイビス文明があるとすれば、我々はその理由にも警戒しないわけにはいきません」

すぐに松下は発言を求め、許可される。

「夏艦長、一つ確認してよろしいですか？」

「何でしょう？」

「それは脅威の存在により、セラエノ星系市民を団結させるための仮説でしょうか？」

夏艦長の顔色が変わったが、すぐにエブラルが議長として介入する。

「興味深い仮説ですが、現在の乏しい情報の中ではこれ以上の議論は建設的とは思えません。

ここまでで明らかなことは、我々はイビスについてほとんど情報を持っていないという事実です。惑星バスラに本当にイビスが存在するのかどうかも推測でしかありません。

地球圏との交通途絶とイビスが関係するのかどうかもわかっていない。そうしたことを考えるなら、我々はアイレム星系の調査を行わねばなりません。しかしセラエノ星系に恒星間航行可能な宇宙船は、軽巡洋艦が四隻と工作艦明石、偵察戦艦青鳳および輸送艦津軽の総計七隻しかありません。

セラエノ星系所属の五隻はもちろん、地球へ帰還できない二隻に関しても、調査計画に参加していただきたい。そのためにみなさんにこうしてお集まりいただきました。

イビスという存在を知ったのは、我々セラエノ星系政府もつい最近のことです。ですから、みなさんもここで協力の可否を即断せよとは我々も言うつもりはありません。

同時に、我々としては可能な限り、強制という形を取るのは避けたいと思っています」

エブラル文部相の発言に西園寺艦長は、いよいよ本題に入ったと思った。セラエノ星系固有の五隻はともかく、青鳳と津軽は船籍が地球圏であり、交通途絶が長期化するなら身の振り方を考えねばならない。

それは西園寺も考えていたが、結局のところ彼に主導権はない。青鳳の指揮下に入るか、セラエノ政府の管理下に入るかしかなく、しかも書類上とはいえ、軍艦籍にある輸送艦津軽は、自分の身の振り方を決めるにも青鳳との話し合いが必要だった。

なので正直、セラエノ星系政府側から働きかけがあったなら、それに従うのが一番楽だ。

「政府としては我々をどう扱いたいのか？」

西園寺が発言すると、夏艦長が一瞥を向けた。なぜかと思ったが「我々」という表現が拙《まず》かったと気がついた。いまの文脈で「我々」とは輸送艦津軽の乗員ではなく、青鳳と津軽を意味するからだ。輸送艦の艦長が勝手に青鳳の帰属にまで口を挟んだとなれば、心象が良いはずもない。

「これはあくまでもヴァリアントの一つとしてご理解いただきたいのですが、偵察戦艦青鳳と輸送艦津軽が一つの戦隊を編成し、その活動支援をセラエノ星系政府が保証すると同時に、戦隊は対等な立場で政府の要請に協力してもらう。それが現時点で最も現実的ではないかとセラエノ星系政府は考えております」

エブラル文部相の提案は、西園寺が考えていた形とも近かった。ただ夏艦長にはその提案は意外なものであったようだ。

「小職の権限において輸送艦津軽を、青鳳を旗艦とする戦隊に編入することは可能です。またその戦隊の支援業務を星系政府が行う保証があるならば、我々に異存はありません。厳密な法解釈では、星系政府の宇宙軍への支援義務となります。必要なら小職が命令を下すことも可能ですが、自発的な協力関係であれば、そうした命令を発する必要性もありますまい」

エブラルはその言葉にほっとしたようだった。宇宙軍や植民星系には、未だに古い法律による縛りがある。この一世紀以上行使されたことはないが、植民星系に現れた艦隊司令長官が、非常事態との認識から星系政府に命令を下すことも可能なのだ。

いまのセラエノ星系がまさにその状況だが、夏艦長は政府の頭ごなしに命令を出すことはないと言ったわけだ。イビスの存在もあるいはその判断に影響したのかもしれない。

「議長、一つ確認させてください。現下の状況では、セラエノ星系政府が青鳳や津軽を接収し、我々をその命令下に置くことも選択肢としてあり得たはずです。

率直に言って、地球圏との交通が途絶したいま、青鳳と貴政府との力関係は決して対等ではありません。青鳳も津軽も、セラエノ星系の支援なしでは活動を維持することは不可能です。

それでも、あくまでも対等な関係を維持するという貴政府の真意はどこにあるのでしょうか？」

西園寺は夏艦長が何に拘《こだわ》っているのかわからなかった。青鳳と津軽が事実上、セラエノ星系の傘下に入る道筋ができたのに、いまさら何に拘るというのか？

しかし、エブラル文部相は、そうした質問を当然と思っていたのか、はっきりとこう返答した。

「セラエノ星系と地球圏との交通は、時期は不明ながらも、いつか復活する。それがセラエノ星系政府の基本認識です。ですから政府側から緊急避難的に協力要請を申し入れております。が、それは交通回復までの一時的な処置であります」

「ありがとうございます。貴星系政府の賢明な判断に当方も異存はありません」

夏艦長はそう言うとエブラル文部相に一礼した。こうして会議は次の議題、アイレム星系への調査計画に入った。

新暦一九九年一〇月二日・工作艦明石

「これが改造したギラン・ビーなの……」

狼群涼狐は妹の妖虎とともに、船外作業担当チームである「な組」が改造したギラン・ビーの前にいた。工作部の主要な技術者もいたが、なぜか松下紗理奈も当たり前の顔でそこにいた。すでに工作部に溶け込んで、誰も不思議に思っていない。津軽からも抗議はなかった。

涼狐も妹の強い勧めもあって、松下を明石の人間に迎えようと画策していた。ただ輸送艦津軽が偵察戦艦青鳳の傘下に入るとなると、人事権は宇宙軍の将官、つまり夏クバン准将の管轄となる。

そして夏准将もまた、松下を青鳳に迎えようとしている節があった。この点では松下のような優秀な人材をセラエノ星系市民として迎えたい政府の思惑もあり、現時点でこの人事問題は膠着《こうちゃく》状態だ。

それでも涼狐は松下の乗艦を許していた。こうなれば本人の意思と既成事実の積み重ねで押し通すつもりだからだ。

それもあって松下は、ほぼ椎名に向き合うような最前列にいた。

「大気圏内の運用も考慮して、揚力を得るために全翼機みたいに外皮を被せたけど、構造に無理はないようにしてる。それにギラン・ビーは駆逐艦のパワーユニットを転用しているから、増設に関して構造的な問題は無視していいわけ」

椎名ラパーナが実際に改造機の前に立って説明する。ギラン・ビーは中心部にパワーユニットなどを収めた機械モジュールがあり、その両側に居住区となる円盤が付いている構造だ。

改造機は機械モジュールの左右両側に駆逐艦のパワーモジュールを増設し、機関主力は三倍に増強されていた。駆逐艦搭載のワープ機関は基本モジュールを八個クラスター化していたが、個々のモジュールはワープ装置と小型ミューオン核融合炉を一組としていた。

そしてその基本モジュールは、一つだけならギラン・ビーにも搭載できた。このギラン

・ビーのワープ化は「な組」が以前から研究していたものであった。ただ改造そのものは、アイレム星系の調査計画が具体化するまでは実現しなかった。理由は単純で、ギラン・ビーをワープさせる意味が見当たらないからだ。

駆逐艦でさえ星系内しかワープできないのだから、ギラン・ビーを改造してもそれ以上の性能は期待できなかった。電源出力からの単純計算では、それでも一天文単位くらいはワープできるかと思われたが、詳細設計に入ると、一天文単位というささやかな性能も無理とわかった。

ワープ機関の性能を左右するのは投入エネルギーとともに、空間座標の精密計算であり、それはスーパーコンピュータで初めて可能だった。ギラン・ビー搭載のスーパーコンピュータの能力では、船外作業支援なら十分でもワープでは能力が低かった。せいぜい一〇〇万キロがワープ範囲である。

そしてこれ以上のワープ性能を実現しようとすると、かなり大規模な改造が必要だった。

にもかかわらず今回こうして改造機が作られたのは、ワープ能力が一〇〇万キロしかないことより、二〇メートル足らずの宇宙機がワープできるという点にあった。

工作艦明石をアイレム星系の惑星バスラの比較的近い領域に進出させ、そこからワープ能力を持ったギラン・ビーを偵察に出すという案だ。それなら小さいほうが好都合だ。必要なら惑星の大気圏内をワープするという荒技も使える。

それを意図して、ギラン・ビーの機体はブーメランのような形状の炭素繊維の一枚翼の中に収まっていた。いわゆる全翼機だ。

そうしてこの全翼機は惑星バスラに接近し、文明や都市の有無を精査するのだ。この目的のため、パワーモジュールはワープモジュールとは別に増設され、情報収集用のＡＩが搭載された。

それやこれやで宇宙機の大きさはさほど変わっていないのに、乗員数は通常一人、最大でも二名にまで切り詰められた。椎名はそんな機体の前に立っているのだ。

「あのぉ、いいですか？」

松下がおずおずと手を上げる。

「なんか質問なの、紗理奈？」

すでに椎名くらいになると、松下を身内のように名前で呼んでいた。

「大気圏内をワープしても大丈夫なんですか？」

「高度にもよるけど、計算すると原子と原子が衝突して核融合が起こる確率は、ほぼ無視していい。原子が衝突したとしても、それと原子核同士が衝突するのとは意味が違う。先に電子雲が接触することになるからね。そうそう原子核同士が衝突することはない。

だから奇跡的に衝突した原子核と原子核の間で核反応が起こり、エネルギーや放射線が発生し、その集積が機体に害を及ぼすなんてことは無視していい。ワープアウトした瞬間の機体表面だけの話だからね。

問題はむしろ機体にかかる大気の衝撃波という空力的な負荷ね。基本、大気の濃いところより上空の薄いところにワープするのが安全。逆は何が起こるかわからない」

椎名はさらに各部の説明を続ける。ギラン・ビーは軌道上から地上偵察を行う他、衛星を設置することになっていた。投入軌道は惑星の自転周期と同期した回帰軌道であった。

一方で、ギラン・ビーの侵入軌道は赤道方向であり、極地上空を通過する回帰軌道とは軌道傾斜角が九〇度も違う。なのでギラン・ビーが低緯度地域の偵察を終えたなら、強引な加速運動により、衛星を適切な軌道に乗せる必要があった。

「武装はないんですか？」

松下は重ねて訊く。

「武装？　何するのさ、そんなもの。イビスには情報戦で負けてるから、武器としての情報を集めようって話じゃないのさ。鉄砲なんか積み込むくらいなら、センサーを増設する」

「ですよねー」

涼狐は改造されたギラン・ビーの性能などは把握できたが、一つだけ先送りにしていた問題をいまここで確認すべきと考えた。

「調査機材としては、たぶん問題ないと思う。もちろん通常なら、一年くらい時間をかけて幾つもの安全検査をクリアすることが必要だけど、いまの我々にそれを行う余裕はない。そこはリスクを負う必要がある。

　でね、椎名。これ、操縦は誰がするの？」

「誰って、私ですけど？」

　椎名は、当然のように言う。

「ワープ機関を装備していますけど、それ以外の操作性は通常のギラン・ビーそのままです。大気圏の飛行は高高度でのみ行い、ここは自動操縦となります。

　このような機体は前例がありません。そして搭乗員は一人です。艦長が言いたいことはわかります。しかし客観的に見て、こいつを私以上に適切に扱える人間はいない。

　そして知っての通り、私は死に急いだりはしない。これを組み立てるときも、自分が乗る機体だからネジだって半回転多く締めてます」

　そんなことだろうと涼狐は思った。最初にワープ可能なギラン・ビーの提案を受けた時から、それは感じていたのだ。そしてまた椎名の言い分が正しいこともわかっていた。ギラン・ビーの開発者以上にこの調査ミッションの適任者はいない。

　無人調査艇という案もないではなかった。しかし未知の存在に対して、前例のない事態への対応という点ではAIに操縦を任せるわけにはいかなかった。ある水準の調査では、人間に委ねなければならないことが多いのだ。

「危険なミッションというのはわかっているのよね？　これは動物実験とは違うのよ」

　椎名は笑って言う。

「動物実験じゃないことくらいわかってますよ。自分はこのミッションで飛ぶの怖いですから、動物と違って」

　椎名の表情を見て、涼狐は説得を諦めた。それは最初から予想していたことでもあった。

「な組の組長、椎名ラパーナでも怖いと思う時があるのか。ありがとう、それを聞いて安心した」

「艦長、もしかして私のこと、馬鹿だと思ってました？」

「まさか。でもまぁ、たまに疑うことはあったけど」

8　調査艦隊

新暦一九九年一〇月三日・首都ラゴス

ここ数日、アーシマ・ジャライ首相の朝に、新しい日課が加わっていた。ラゴスタワーから東を見るという日課だ。朝陽を浴びるためだけではない。五〇〇メートル先にある市民公園に急遽、建設されたマネジメント・コンビナートの様子を眺めるためだ。

マネジメント・コンビナートとは、プレハブの建物で、縦一五〇メートル、横一〇〇メートル、一部が二階建ての四角い建築物だ。建築用三次元プリンターで作り上げたもので、軽量だが強靭だ。

その気になればより複雑な構造の建築物にもできたが、アーシマとそのスタッフは、構造を支えるための柱と壁以外は間仕切りのない、広い空間の構造物として完成させた。

建設はともかく設計に時間がかけられなかったというのは事実だが、そもそもアーシマたちはこのマネジメント・コンビナートは開放空間であるべきと考えていた。

その機能は一つ。地球圏との交通途絶という事態の中で、セラエノ星系での文明を維持するための意見やアイデアを募り、それらを提案者かチームに具体的な施策として検討させる場がここだった。

内務相のルトノ・ナムジュのアイデアで進められたマネジメント・コンビナートの役割は、単純に市民の意見を汲み取るところにはなかった。ルトノの真の目的は、行政の政策立案に市民を参加させることにより、当事者意識を持ってもらうことと、政府命令に自分たちの意見を反映させたという事実による満足感から、治安の安定を目指す点にある。

アーシマ首相はこのことを、政府が市民を取り込む行為とは思っていない。そもそも政府が市民の意見を汲み取るのは、民主主義政体では当然のことだ。

それでもあえてマネジメント・コンビナートを建設するのは、一つには実利的な問題がある。地球圏との交通が途絶えたことで少なくない課題が現れたが、それらの案件を処理するのに、ラゴス市庁もセラエノ星系政府もあまりにもマンパワーが足りなかった。

事態が長期化した場合、発電所や製錬所の類《たぐい》を建設し、自前の技術で維持管理できる工業基盤を確立しなければならない。地球圏から持ち込んだ複製不能の高性能の三次元プリンターなどが老朽化で使えなくなる前に、それら工業基盤を完成させねばならない。それだけでも大事業だ。

もう一つは、アーシマの首相としての任期問題から派生した構想だが、人口一五〇万人しかいない小規模な社会であることを逆に利用して、政府機能そのものを成人した市民全体に分散するという社会機構を彼女は考えていた。

孤立した状態で文明社会を維持するためには、一五〇万人のマンパワーでも足りないだろう。それでもなお可能な限り文明を維持しようとすれば、一五〇万人市民すべての能力を結集しなければならない。コンセプトを簡潔に述べるなら、セラエノ星系政府は一五〇万人を統治するために、一五〇万人のメンバーを募るわけである。

必然的に、この形態の政府には名目上の閣僚は存在しても、階級のようなものはない。すべての行政実務はＡＩの助力により分散処理され、必要ならセクションの壁を越えて業務は融合する。

実を言えば、こうした形態の社会統治機構については、月面基地さえなかったような時代から議論はあった。ただ一部の企業などが実践した程度で、国レベルで実現されたことはない。億単位の人間がいる社会で、階級を根絶した分散機構は実現不可能と思われていたためだ。

植民星系ではこうした社会実験が何度か試みられたが、植民星系との貿易構造で経済が維持されている地球圏の干渉で頓挫するのが常だった。統治機能の分散化という思想は、地球圏が植民星系に対する優位を維持する上では危険思想でしかないからだ。また格差の大きな地球圏社会では、そうした実験は治安を乱すものと認識されていたこともある。

しかし、セラエノ星系は地球圏の干渉どころか交通さえない。そしてこのことが社会改革の強いインセンティブになりえた。

マネジメント・コンビナートには、作業の中で人間が直《じか》に接触することで、帰属組織を超えたコミュニティを構築する機能も期待されていた。必要に迫られた結果とはいえ、社会機構と行政機構を重層化することは、統治するものと統治されるものという区別を消滅させることになる。それは否応なく、役職はあっても階級のない社会となるだろう。

マネジメント・コンビナートがあくまでコンビナートであって、マネジメント・センターではないのは、そこに中枢部がないことを暗示しているのである。

実際には話はもっと複雑で、一人の市民が複数のプロジェクトに関わっていて、ある局面では末端の実務を行い、別のプロジェクトでは中枢機能を担うような形になるだろう。

このような社会運営は地球圏での実例がなく、セラエノ星系が行うにあたっても経験も支援体制もない。すべては試行錯誤となる。こうした中でマネジメント・コンビナートは、新しい世代への教育機関としての機能も具現することになる。

ここまでの対策が必要であることには、然るべき根拠があった。地球政府は植民星系との貿易が地球圏経済にどの程度の影響を及ぼすかについて、詳細なデータを持っていた。これは人材の移動や輸出物の生産や輸送に、どれだけの経済効果と情報処理が必要かを計測したものだった。これらのデータは便宜的に人年で表された。一人の人間が一年間に行う生産量・情報処理量を意味する単位である。

同じような計量は比較のためにセラエノ星系でも行われていた。そして地球圏との貿易が途絶した場合、その貿易により得られた経済効果もセラエノ星系内部で代替しなければならなくなる。人年単位で計算すると、現在の経済水準を維持するためにはセラエノ星系の総人口が必要という計算になったのだ。

こうしたデータを背景として、個人別の調整を行い、可能な限り理想に近づける。マネジメント・コンビナートにはそうした実験機能も期待されていた。内装らしい内装がない理由の幾許《いくばく》かは、その辺にあった。

「おはようございます」

ドアの向こうで声がする。アーシマが窓を見ると、そのガラス表面に彼女の視線の動きを読み取って、いまの時刻が表示される。〇七三〇、ならば秘書のハンナだろう。確かに窓の一部は玄関モニターの表示部を兼ねており、そこに映っているのはハンナが立っている姿だ。手には二人分の朝食の入った紙パックを持っている。

「どうぞ」

アーシマが窓に話しかけると、ドアが開き、リビングにハンナが入ってくる。

「気になりますか？」

ハンナはアーシマに並び、マネジメント・コンビナートを見る。

「気になるというか……あなたにだけ言うならば、不安」

アーシマは、秘書であり義妹のハンナに言う。

「安心しました」

「安心した？　何に？」

「首相がまともな神経と判断力を維持していることに。政府自身が機構を改変し、ある意味で解体しようというんです。しかも前人未到の社会機構にです。不安を感じて当然ですし、その不安をちゃんと不安と自覚できるなら、判断力も正常ということです。それこそいま一番首相に必要なことです」

「優秀な閣僚とスタッフに恵まれたおかげよ」

それはアーシマの本心だった。組閣の時、考え方や価値観が合わなくても、極論すれば嫌いな人間であっても、能力がある人間を選んでいた。それは続投しないと決めていたこともあったが、閣僚たちはそれぞれの職域で満足する成果を上げている。

植民星系政府の行政官が閣僚になる理由はさまざまだが、野心的な人間は、それを自分のキャリア構築のステップと捉えていた。植民星系政府の閣僚経験を提げて地球圏の閣僚なり高位高官を目指すのだ。実際、地球圏の政府関係者にはそうした経歴の人間も少なくない。

たとえば商工相のベッカ・ワンなどもそうした野心家の一人だった。彼女の視線の先にあるのはセラエノ星系ではなく地球圏であったため、彼女に失策はないものの、スタンドプレイが目に付くのも確かであった。

だが、そんなベッカもいまはアーシマにとってかけがえのない仲間の一人だ。ハンナをはじめとする政策スタッフの面々も同様だ。だからこそ自分はこの極限状態の中でも、精神の均衡を維持できるのだろう。

「義姉さんも、少しは自分の人間性を信じていいと思いますけど。私たち馬鹿じゃないんで、政府首班が駄目な人ならさっさと見限りますよ。

マネジメント・コンビナートも動き出してまだ二日ほどですけど、すでに難問山積です。でも、そのおかげで何を為すべきかもだいぶ見えてきました。高い山ですけど、登頂は時間の問題です」

「楽観的なのね」

「我々には逃げ場がないんです。この惑星しかないならば、悲観しても始まりません」

「そんなところは、カールそっくりね」

そうしているうちに、ハンナはリビングのローテーブルに紙パックに入った朝食を並べる。ありふれたハンバーガーセットだ。

「標準食の試作三号になります。パッケージも含めて、すべてレアの資源で作り上げました。この水準であれば、一〇〇年後でも市民全員に提供できます」

植民星系は多くのものを地球圏からの供給に依存している関係で、内容や製法は大きく変化したのに、名前だけは何世紀も継承されているものがあった。

ハンバーガーなどその筆頭で、食品三次元プリンターで製造されたパンに、培養肉のパテを挟むそれは、形状が円から四角に変わっているなど、二〇世紀ごろのハンバーガーとはかなり印象の違うものになっていた。

「食品三次元プリンターの自給化には目処《めど》が立ってます。歴史のライブラリーに載ってるような工作機械でも製造可能です」

ハンナはハンバーガーを食べながら説明する。

「最先端の三次元プリンターはナノ単位の精度で部品を製造しますけど、食品用はミクロン単位、場合によってはミリ単位の精度でも困ることはありませんから」

「よほどの事態にならない限り、我々は飢餓の心配だけはしなくて済むわけか」

アーシマも試作三号を食べてみる。感動するようなものではないが、食材としては水準は出ているだろう。

「それを踏まえた上で、コンビナートのほうでは、早くも議論が起きています」

「マネジメント・コンビナートでどんな議論が？」

「食文化の継承をどうするか？　けっこう大きな議論になってます。食糧供給の問題から家族構成、住居まで、私も正直、ここまで広範囲な議論を呼ぶとは思いませんでした。あくまで食文化に限定しても多様な視点があります。食糧供給の効率化を求めれば配給にまで行き着きますけど、それはいまある食文化を失うことになる。ただ配給食も長期間続けば、そこから新たな食文化が生まれるわけです」

その話に、アーシマは食事の手を止める。

「それは一つのプロジェクトにならない？　食をどうするかの議論は、社会のグランドデザインを決める上で重要な柱になりそうよ。そこからコンビナートの姿も見えてくるんじゃない？」

「あぁ、そうですね。その方向からは考えてませんでした。すぐスタッフに連絡して、検討させます」

アーシマはその一言を聞き逃さなかった。

「検討させますって、あなたは検討しないの？」

「首相、アイレム星系への調査計画が進んでますね。首相名代《みょうだい》として、私も参加したいんです」

それは唐突な申し出に聞こえたが、アーシマはすぐにその真意を理解した。

「青鳳の帰属問題に道筋をつけたいわけね」

マネジメント・コンビナートの構想を進める中で、先送りされていたのが、偵察戦艦青鳳と輸送艦津軽の帰属問題だった。この二隻は臨時セラエノ戦隊を編成し、旗艦を青鳳とする形で宇宙軍の部隊となっていた。とはいえ、具体的には津軽が青鳳の指揮下に入ったに過ぎない。

そして臨時セラエノ戦隊はセラエノ星系政府の管理下には入っていない。ただ法律に従って、政府は宇宙軍部隊に必要な支援は行なっていた。

これはアーシマの方針でもあり、夏艦長が納得していることでもある。つまり地球圏との交通途絶はいずれ解消し、そうなればすべては途絶前に戻る。

そんな保証はどこにもない。それはアーシマも夏艦長もわかっている。ただ二人の指導者がそうした前提で行動することは、現在の状況ではセラエノ星系市民の将来への不安解消につながり、ひいては治安安定にも寄与する。

しかし、交通途絶から一月近くになるのに、地球圏からの宇宙船は一隻も来ない。青鳳のような最新鋭宇宙船が帰還しなければ、地球圏も状況を放置できないはずだ。それでも宇宙船が来ないのは、地球圏でもこの問題を解決できないことを意味する。

このためアーシマは当初の方針を転換し、地球圏との交通途絶は半永久的なものという前提に立つことを考えていた。これはマネジメント・コンビナートが社会の安定という点では、大きな力になっていることも大きい。

市民の多くが冷静にこの状況を受け止めているならば、根拠のない希望を提示し続ける意味もない。むしろ社会にとっては有害ともなりえる。

そうであれば、青鳳や津軽の乗員たちもセラエノ星系の市民として対等に迎え入れ、あの二隻も自分たちに帰属させる必要があった。さらにマネジメント・コンビナートの一員にもなってもらう必要がある。彼らの知識や能力から、政府としても是非とも協力してもらいたいからだ。

ハンナはそのための交渉役に名乗りをあげているのである。あまりはっきり言わないもものの、ハンナもまたセラエノ星系政府で経験を積んで、地球圏にキャリアを得たいと考えているらしい。

自分の若い頃と比べれば、ハンナのほうが優秀だとも思う。地球圏との交通途絶がなければ、彼女は高位高官に就いていたかもしれないのだ。現状は彼女には不幸かもしれないが、アーシマにとっては幸運なことでもあった。ただ、さすがにこんなことは口にはしない。

「青鳳が政府管轄に入ることは、夏艦長も理解してくれると思います。事態が長期化すれば、他に選択肢はないわけですから」

「夏艦長はセラエノ星系について十分な情報はないでしょう。政府管轄に入るにしても、乗員たちの立場や権利について考えられる選択肢を三つ四つ用意して。その中で受け入れやすいものを交渉の基本線にしましょう。その辺はあなたが準備して」

「わかりました」

そしてアーシマは気がついた。ハンナのペースで彼女を代行とすることを許可してしまったと。

新暦一九九年一〇月七日・アイレム星系

「工作艦明石の存在を確認しました」

偵察戦艦青鳳のブリッジは、ワープアウトと同時に張り詰めた空気になった。それをハンナは夏艦長の後ろの席で見ていた。彼女の左前方には兵器長の梅木中佐が、右前方には船務長の熊谷大佐が配置に就いている。

ハンナはセラエノ星系政府代表として乗艦していたが、夏艦長より「安全のために艦内では艦長の命令に従うように」と厳命されていた。ただ、情報共有については認められている。

アイレム星系への調査部隊の編成はギリギリまで調整が続けられた。ワープ能力を持ったギラン・ビーによる惑星バスラの直接偵察を行うため、工作艦明石は外せなかった。

ただ明石単独では、万が一の場合にセラエノ星系側は何の情報も得られない可能性もあるため、あと一隻の同航が必要と判断された。同時に恒星間航行能力を持った宇宙船は七隻しかないため、調査には三隻以上は割《さ》けなかった。

当初、明石の支援には軽巡洋艦コルベールが当てられることとなっていた。軽巡洋艦でアイレム星系へのワープ経験があるのはこれしかなかったためだ。

だが、この編成に対して夏艦長から反対意見が出た。偵察戦艦青鳳への命令は依然として有効であり、調査活動には青鳳が加わるべきというのである。

セラエノ星系政府も建前として、地球圏との交通途絶は将来的に解消されるとしていたため、宇宙軍の命令は有効となり、青鳳の参加を拒めなかった。

こうして調査部隊は明石と青鳳の二隻となった。指揮についてはさらに調整が必要となった。明石とコルベールなら政府の下で指揮系統は完結したが、たった二隻の調査隊でも政府の船と宇宙軍の軍艦という編制であったためだ。

結果として、ギラン・ビーは明石の指揮下にあるが、明石の安全に関わる事態では青鳳の命令に従うこととなった。つまり調査の指揮は明石が行うが、安全に関する命令は青鳳から発せられるわけだ。

夏艦長は、政府側から代表が派遣されるにあたり、閣僚が明石に乗艦すると考えていたらしい。しかしセラエノ星系政府は、首相の政策スタッフをプロジェクトの代表として青鳳に乗艦させた。

政府と宇宙軍の連絡を密にするというのも理由としては否定するようなものではなく、夏艦長はハンナの乗艦を認めたが、正直なところ扱い方がわからないようだった。

ハンナとしても、青鳳とその乗員の帰属問題について打診するつもりでいたが、適切なタイミングはまだ摑めていなかった。

「明石との距離は一万キロ、惑星バスラへのギラン・ビー展開点までは本艦が先行しています」

船務長の熊谷が報告する。軍艦のデータリンクはハンナには開放されていないので、視界の中には現在の位置関係さえ浮かんでこない。ただし音声のやりとりのおかげで、現状はわかる。

「ハンナ代行、セラエノ星系は惑星バスラへの調査はほとんどしていなかったんですか？」

夏艦長がハンナの前にあるモニター画面の中で尋ねる。ハンナは艦長の真後ろの席だから、艦長が前を向いている限り、会話はモニターを経由することになる。データリンクが開放されていれば、共有仮想空間で普通に話せるのだが、軍艦の情報管理はなかなか難しい。

「バスラへの調査をしていないというより、周辺の天体観測をする余力がなかったというのが本当のところです。軌道上に宇宙望遠鏡を展開するくらいは簡単ですが、専従でそれを運用できるだけのマンパワーがないんです。

小型の宇宙望遠鏡はありますが、それもAIによる標準観測プログラムを走らせているだけ。データは蓄積されていますが、ほとんど活用されていないのが実情です」

ハンナの説明に夏艦長は特に驚いた様子も見せない。

「まぁ、植民星系はそんなものでしょう。馬鹿にするつもりはありませんが、どこも天体への関心よりも、自分たちが生活している惑星そのものに関心が向きがちです。六〇近い植民星系のすべてが独自の生態系を持っている。地球のそれと比較するだけでも、一〇〇万、二〇〇万の謎が出てくる。宇宙に目を向ける余裕はないわけです」

「夏艦長はどうして偵察戦艦の艦長になられたんですか？」

ハンナはふとそれが知りたくなった。艦長の言葉に感じるものがあったからだ。むろん「説明の義務はない」と突っぱねられても不思議はなかったが、夏艦長は話してくれた。

「単純な話。宇宙のあちこちを見てみたかった。それには偵察戦艦の艦長が一番。本艦にはかなり高性能の天体観測設備も兵装扱いで装備されている」

「天文学者になろうとは思わなかったんですか？」

「基礎教育時代には天文学者も考えた。でも、地球圏で天文学者になるのはあまりいい選択肢じゃないとわかった」

「研究環境としては一番だと聞いてますけど……」

ハンナには夏艦長の話は意外だった。

「簡単に言えば、地球圏経済が植民星系との貿易に過度に依存していることが天体観測の逆風になっている。天文学的な知識が、市場心理に影響してしまう。だから天文学者は市場からバッシングを受けやすい。超新星爆発が起こりそうだというだけで市場が反応する。特にそれまで不明だった植民星系の位置がわかると影響が大きいわけ。だから天文分野の研究に制約が多い。天体には無頓着でも、株価には神経質なのがいまの地球です。フリーハンドで研究できるのは軍艦の中しかありません。

誤解を恐れずに言えば、すでに地球に科学はない。金になる技術研究があるだけ。科学が進歩しなくても、地球の経済はちゃんと回る。もちろん人間に知的好奇心はあるし、科学を志す人間はいる。だけどそうした人間が働ける組織がない。もはや一人の天才で物事は進まない。

たとえばワープ航法は巨大加速器の実験の中で発見された。にもかかわらず今日では、宇宙の極限状態を検証できるような巨大加速器を建設しようとする組織はどこにもない。言うまでもなくこうした機械は、一人の人間では建設できないし、運転も不可能です。つまりそういうこと。

研究をしながら自分の知的好奇心を満たそうとすれば、金になる技術開発分野に進むか、多少なりとも道楽が許される宇宙軍に進むしかない」

そしてハンナの目の前のコンソールに、青鳳の何かの設備が映し出された。それは反射望遠鏡だった。

「五メートル反射望遠鏡。艦首と艦中央の二ヶ所にある。この二つの望遠鏡で二五〇メートル口径の望遠鏡と同じ分解能を実現する。我が青鳳が誇る光学観測機器。だけど基本的にこの二世紀近く、その構造にはほとんど進歩がない。基礎科学はそこまで蔑《ないがし》ろにされている。いま我々は地球圏との交通途絶という問題に直面している。だけど基礎科学に投資を続けていれば、ワープの原理も解明され、いまのような状況に置かれていなかったでしょう。ワープの原理が今も解明されないのには色々な理由が唱えられているけど、根本原因はここにある」

そして望遠鏡の設置されている壁が開放される。

「ちょうどいいから観測を開始しましょう。ギラン・ビーの発進は二四時間後、それまで惑星バスラの観測も重要な任務だから」

AIによる画像補正も行われているのだろうが、ハンナのモニターにはバスラの姿が映し出されていた。位置的な関係で、半球だけが昼で、残りは夜だった。

夜の部分を観測するのは、万が一にも都市の灯りを捕捉するためだったが、夜半球はひたすら暗い。ただ雷光が幾つか観測されるだけだ。

バスラは四割が陸、六割が海という環境で、海洋の上には幾つもの雲が見えた。山脈や平原も認められたが、都市らしいものは見当たらない。

ただ平原に、直径二〇メートル前後の円形や六角形が数キロ離れて点在している場所は認められた。しかし、ＡＩの判定でもこれを都市とするのはいささか無理があった。

幾つもの植民惑星の中には、自然現象により幾何学的な図形が生まれることも多数報告されていたためだ。それは隕石によるクレーターであったり、岩石の結晶構造と風化作用によるものが多かった。

また大木が作り出す影の影響で、草木の植生が幾何学的に棲み分けを行なったような事例もあった。要するに地上の幾何学構造だけでは、自然現象なのか人工物なのかの判定は困難だったのだ。

そもそも人類は未だに人類以外の知性体と遭遇した経験がない。したがってそうした知性体の住む惑星表面がどう見えるのか？　という問題には何の経験もなかったのだ。

「意味ありげな幾何学的な地形が幾つか見られますけど、これはどう判断すべきでしょう？」

ハンナ個人は、それが何らかの知性体によるものであることを望んだが、自分の立場ではそう簡単に結論できないこともわかっていた。文明以前の知性体でも、幾何学的な地形を描くことはできる。あるいは宇宙技術を持った文明の所産がそれらの幾何学図形であったとしても、その文明と今回の一連の出来事に関係があるのかという問題がある。

そのいずれが真実であるかによって、自分たちの対応も変わらざるを得ない。だから夏艦長の意見を聞こうと思ったのだ。

「我々の置かれている状況から判断すれば、文明の存在を否定するような証拠が見つかるまでは、存在するものとして行動する。それが今回のミッションの基本方針です。そしてここで見られる複数の幾何学図形は、少なくとも文明の存在を否定する証拠にはならない。それで問題なしと小職は考えます」

ハンナにとっては面白味のない返答ではあったが、もとより突飛な意見などは期待していない。しかし、夏艦長はさらに踏み込んだ発言をした。

「それで、地球にはすでに科学はないという話の続きだけど、実はずっと考えていた。地球からの救援は世紀単位で期待できない。宇宙の何らかの構造がワープ不能の理由なら、回復するまでに人間の尺度とは次元の違う時間がかかるでしょう。

だから公式見解はともかくとして、私が生きている間にセラエノ星系と地球圏との交通が、地球圏の科学の力で復旧することは期待できない。したがって我が戦隊は帰属を明らかにして、生き残ることを考えねばならない。乗員の生命を守るのも小職の仕事であり義務であるからだ。

アーシマ首相は先が読める人物と小職は理解している。懐刀《ふところがたな》のあなたが明石ではなく青鳳に乗艦したというのも、つまりその問題について話し合うためとの認識で間違いはないか？」

「そのように理解していただいて構いません」

ハンナは夏艦長のその発言に驚くよりもむしろ納得した。彼女ならこの程度のことを考えていたとしても不思議はない。

「青鳳の艦長というより、現在セラエノ星系にいる軍人の最上級者としての考えを言わせてもらえば、青鳳を含むセラエノ星系の恒星間航行能力のある七隻の宇宙船は、すべて青鳳の指揮下に入り、無駄のない連携行動ができるようにすべきです。これは地球外文明の存在に備えるという意味がある」

「イビスが敵対的だと？」

ハンナの問いに夏艦長は答える。

「イビスのような存在に対して、二元論的に敵味方を論じるのは無意味でしょう。相手の正体もわからないのに、その意図を論ずることはできないし、そもそもあの前方ビザンツ点の衛星を除けば、接触さえない。そんな存在に敵意を生むような利害関係もない。

むしろ危機は我々の外ではなく、中にあるのかもしれません。ならば最大の武器は適切に管理する必要がある」

夏艦長の言葉はかなり重要な意見を含んでいた。彼女が言っているのは、異星人文明の存在という情報が人類そのものを危険な方向に向かわせるということだ。人類社会が動揺した時、最大の破壊力を持つ七隻の宇宙船は夏艦長らが安全に管理するのだと。

ハンナがそれを理解したことを察したのか、夏艦長は続ける。

「もちろん、青鳳はセラエノ星系政府の命令にのみ従います。合法的な政府の命令にのみ従う、それが健全な軍事力というものですから」

ハンナは夏艦長の倫理観と公正さには感銘を受けた。しかし、同時に彼女の構想が抱える問題点も見えていた。それはまさに、セラエノ星系政府の最大の暴力装置である七隻の宇宙船による艦隊が、夏艦長の人間性に依存しているということだ。

夏艦長は信頼できる人間としても、後継者はどうなのか？　そもそも、夏艦長の後任はどうやって決めるのか？　そして自分たちが進めているマネジメント・コンビナートとの整合性をどうするか？

だが、それらはまだ先の話だ。いまは夏艦長の人間性を頼りにするよりない。

「青鳳艦長の賢明な判断に、政府を代表して敬意を表させていただきます」

惑星バスラの情報は青鳳からレーザー回線で確実に工作艦明石に送られていた。じっさいに惑星をどう調査するかの概要は決まっていたが、それも現地からの情報により適宜変更することが認められていた。

すでに艦内の各部署に配置している乗員たちも、この情報を艦内データリンクにより、視界の中に共有していた。

「艦長、調査軌道を少し変更しますか？」

ワープ装置を増設した改造ギラン・ビーでは、すでに椎名がコクピットに就いている。狼群涼狐の視界の中で、彼女はそう提案していた。青鳳が観測した、大陸に点在する幾何学模様の上空を通過する軌道だった。

「これが何かの知性体の産物だと考えているわけ？」

「いえ、それはわかりません。ただこれが自然現象なのかどうか、可能な限り確認する必要がありますよね」

「まぁ、そうよね」

涼狐はそう言ったが、惑星バスラに文明があるのかどうか、だんだんと懐疑的になっていた。

確かに回収した衛星は人間の手によるものではない。ワープを用いずに恒星間を移動するとなれば、アイレム星系から発進したものと解釈するのが順当だろう。衛星の損傷具合もそれを裏付けている。

しかし、アイレム星系には何もない。セラエノ星系は貧乏だが、それでも宇宙港と軌道ドックの二つの宇宙インフラがある。少なくとも核融合宇宙船を運用する技術力があるなら、宇宙ステーションの一つもあって然るべきだが、観測される範囲でそんなものは認められない。

青鳳とともに明石も無線通信傍受を始めているが、セラエノ星系からの航法用電波とイビスの衛星からの電波しか傍受できなかった。アイレム星系内に宇宙技術を持った文明が存在するならば、確認されて然るべき通信電波さえ感知できない。

「電波も傍受できないって、どういうことよ？　この五年、一〇年の間にイビスの文明は滅んだってこと？」

「イビスはアイレム星系から文明を引き払ったのではないでしょうか？　その、隣人がいることがわかったので」

涼狐と椎名の会話に加わったのは、工作部にいる松下だった。

「私たちの存在を知って、文明社会を引き払ったというの？」

涼狐には、それはかなり斬新な意見に思えた。恒星間宇宙船を組み立てて、送り出せるくらいの文明を惑星バスラに建設し、それをすべて引き払うというのは、植民以上に困難なプロジェクトだろう。

もっとも文明の痕跡を確認できないというのも事実であり、松下説を否定する根拠も確かになかった。

「というよりも、撤収可能な段階で我々の存在を知ったのではないでしょうか。ある程度の規模で開発が進んだなら、撤収という選択肢はないはずです。手間がかかりすぎますから。

むしろそうなったなら、何らかの防衛手段を講じると思います」

それはこれから調査に向かう椎名にとっては重要な仮説だったのか、彼女はそのことを松下に確認する。

「紗理奈、開発が進まないうちに撤収したという根拠は？」

「バスラが綺麗すぎるからです。都市の痕跡はもちろん、青鳳の映像データを見る限り、軌道上に衛星はおろか、デブリさえ残っていません。前方ビザンツ点の衛星が一〇〇年前に送り出されたとして、それくらいの時間ではここまで綺麗にデブリは一掃されません。一世紀以内にすべてが大気圏に落下する程度のデブリしかなかったのか、デブリが生じる前に撤収したと考えられます」

松下の根拠を聞きながら涼狐は、すっかり彼女が明石に馴染んでいることを再確認した。

宇宙船の帰属問題もさることながら、松下を正式に明石の乗員にする手続きを進めると、彼女は決めた。

「あのね、いまの仮説だと見落としがある」

椎名が発進準備を進めながら、松下に異論を唱える。

「いまの紗理奈の仮説なら、イビスはすでに撤収したとも解釈できるが、開発が未だその段階なら、撤収していないとしても発見するのは困難だろう。

我々はセラエノ星系土着の生物じゃない。同様にイビスもまた他星系からアイレム星系にやってきたとしたら、インフラも何もない理由は説明がつく。

アイレム星系に文明があるという根拠は、あの回収された衛星だけだが、それだけなら入植前の調査活動でも展開は可能だろう。

だから、惑星バスラに測量隊が一〇人しかいないようなことだってあり得るさ」

「そうですね……」

松下はあっさり納得した。ここで議論して結論の出る話ではないからだろう。

「まぁ、待ってな。私とギラン・ビーがその辺をはっきりさせてくるから」

船外活動担当の「な組」のチームが、すべての整備を終えたことを涼狐に報告する。

「船務長、青鳳に準備が整ったことを報告して。あと一時間後、ワープ領域に到達したら、ギラン・ビーは出発する」

安全を考慮して、惑星バスラへ八〇万キロまで接近したとき、直接調査が始まる。

「先輩、あと三〇分ですね」

ギラン・ビーのワープ開始時間まで、松下は当たり前のように工作部長室で妖虎と話していた。少し前までは乗員から松下さんと呼ばれていたが、いまは妖虎だけでなく椎名までもが紗理奈と呼んでいる。

「落ちつかないわね」

妖虎は本心を松下に言う。

「最低限の試験航行は行なったけど、通常ならこんな短期間で開発するようなものじゃない。一年はかけて試験をするものよ。いかに信頼性の高い宇宙機の改造と言ってもね。無茶な話。

でも、我々の置かれた状況を考えれば、その無茶をしなければならない。どうしても落ち着けないわよ」

「先輩は変わらないですね……前から訊こうと思っていたんですけど、どうして先輩ほどの人がセラエノ星系なんかに逼塞《ひっそく》しているんですか？」

「それを言うなら、紗理奈はなんで津軽の運用長なんかやってるの？　てっきり機関学校で教鞭を執るものだと思ってた。西園寺じゃなくて、あなたが艦長というならまだしもさ」

そう言われると、松下は少し考えてこう応じた。

「教えてあげてもいいですけど、先に先輩が答えてください」

妖虎は、そんな松下に機関学校時代の彼女を見た。

「いいわよ。

まずね、紗理奈は、どうして人類がいまだにワープ航法の原理がわからないと思う？」

「それ関係あるんですか、先輩」

「私が意味のない質問をしたことがありますか？」

「……ないです」

「なら、どう？」

松下は質問の返答を考えるというよりも、すでに持っている考えを述べるために言葉を選んでいるように見えた。

「一言でいえば科学が進歩していないから。理由は二つあって、一つは最大の人口と経済力を持っている地球圏が科学研究に投資しないため。経済効率を考えるなら、産業を進歩させるより、既存の産業を動かすほうがいい、それがいまの地球圏の主流の意見です。それどころか市民の半数は技術は知っているものの、科学については言葉の存在さえ知りません。二世紀近い停滞の時代が続き、人類の大多数は社会が進歩するという価値観さえ共有できない」

松下の話に妖虎は異を唱えず、先を促す。

「理由その二は、地球圏を中心とする人類社会は、ワープ宇宙船を介する以外に植民星系間の迅速な情報交換の手段がありません。科学者の絶対数は多いのに、それらが密度の高い交流を持つことができない。このため科学研究の効率は停滞を余儀なくされている。私の意見はこんなところです」

「ありがとう。私も紗理奈と基本的に同じ意見よ。現状の体制のままなら人類社会は、各植民星系の人口が増大して科学研究への投資ができるだけの経済力が蓄えられるまで停滞期が続く。おそらくそれには世紀単位の時間が必要でしょう。

それで最初の質問に戻ると、私は社会が動くまで何世紀も待てなかった。では、どうやって自分が生きている間に社会を動かすか？」

「どういう構想かわかりませんけど、先輩がセラエノ星系に引きこもるのは、人類社会を動かすには一番不適切だと思いますけど……」

そうした反応は妖虎も予想していたものだった。

「人類社会二〇〇億人を一朝一夕で動かすのは無理だし、そんなことを求めてもいない。求めているのは科学者を一つの組織にまとめ上げること。六〇近い植民星系に交流もなく分散している科学者たちを結集して組織化すれば、研究効率も上がるし、一つの植民星系では不可能であった、巨大な実験装置も建設できる。惑星の公転軌道並みの大きさを持った粒子加速器とかね」

松下の表情が変わった。

「続けてください、先輩」

「それで、セラエノ星系に来たのは、姉がここで事業を立ち上げたこともあるけど、ここは植民星系の中ではもっとも後発なグループの一つで、総人口も最小に近い。

それはあなたが言うように、大きなハンデかもしれない。しかし、実は大きなメリットでもある。

植民星系社会の歴史は多くの試行錯誤があった。経営に失敗し、再入植が必要だったところもある。さらに入植の初期段階で権威主義社会に堕してしまい、民主化が遅れた星系も決して少なくない。

そうした植民星系の中には独裁体制や全体主義社会に進み、市民が塗炭《とたん》の苦しみを味わう結果となったところもある。そうした社会もいまは形だけでも民主化されているけど、そこに至るまで武力紛争という過程が必要だった。そうして社会を前進させたかもしれない幾多の人材が失われた。

セラエノ星系の植民は、そうした過去の失敗から学び、権威主義段階を経ることなく、人口一〇〇〇人未満の時から民主的な政体を維持してきた。

住めばわかるけど、ここは地球圏より格差もなく、民主的に社会が運営されている」

「それと科学者の組織化とどう繋げるんですか、先輩？」

妖虎は紗理奈なら自分の考えを確実に理解してくれるだろうと思っていたが、どうも彼女の反応はそれ以上に感じられた。

「まず、人口が少ないからこそ、科学者集団が社会に与える影響力は地球圏などよりも遥かに大きくできる。そして政府機関は星系内の産業が未発達だからこそ、人材育成に熱心だ。この両者は非常に親和性が高い。

むろん政府が教育投資に熱心でも、すぐに成果は現れないし、そこは総人口の少なさが制約になっている。天文台さえないわけだから。

だけど、科学者の組織の存在が知られ、人材が集まり、その数が一線を超えた時、セラエノ星系社会はいわば相転移を起こして、社会は変わる。

もちろんそこに至るまで、セラエノ星系に人類すべての科学者を集結することは無理だろう。だが科学者の有力集団を組織することに成功したならば、セラエノ星系を中心として、宇宙船を飛ばし、各地の植民星系の科学者とのネットワークを構築できる。

まぁ、そういうことを考えていた時に工作艦明石を建造する話があって、そのままここに拠点を構えているわけ。移動研究所のようなものが建造できたなら、私の構想に一歩近づけるからね」

妖虎がそこまで話すと、松下は目に涙を浮かべていた。

「私が津軽で運用長をしていたのも、輸送会社を立ち上げるためです。船舶の運行管理全般を一番効率的に把握できるのが、ダメージコントロール担当の運用長ですから。

その輸送会社で、先輩と同じことを考えてました、つまり科学者のネットワークの構築を。クレスタ級よりも大型の一種の都市宇宙船を建造し、それが各植民星系を移動することで研究者のネットワークを構築する。そんなようなことです」

その話に妖虎が驚く番だった。つまり自分も松下も同じような問題意識を持って、別々に行動していたわけだ。どうしてそのことを自分に明かしてくれなかったのか？　しかし、その理由は自分自身が知っている。

成功すれば素晴らしい構想を話してきたが、成功するという保証はどこにもない。もっと言えば失敗する確率のほうがずっと高いだろう。そんなことに前途ある人材を巻き込めない。

だが、どうやらそれは間違っていたらしい。妖虎と松下が互いの計画を知っていたならば、この一〇年の展開はまるで違ったものになっていたはずだ。

「我々の孤立は、それほど長く続かないかもしれない、紗理奈」

妖虎はそれが確信できる気がした。

「どうしてです、先輩」

「私たちはいままで人類の科学の状況について、何を為すべきか話し合ったことはない。だけど我々は、似たようなことを考えていた。

同じ考えの人間がセラエノ星系で出会う確率はかなり低い。それでも出会ったということは……」

「私たち以外にも同じような問題意識の人間がたくさんいる！」

「仮にそうだとすれば、セラエノ星系との交通遮断という前代未聞の事態に、科学復興を遂げようとする人間は次々に現れる。そうなればこの問題は解決するはず。一〇年後か二〇年後かもしれないけど、いつか必ず」

果たして本当にそうなるのだろうか？　疑念は確かにある。市民がそこまで科学に危機感を持っていたならば、人類社会の基礎科学レベルはもっと進歩していたはずと思わないでもない。

しかし、松下のような人間とセラエノ星系で遭遇したのも事実であり、ならば同じ考えの人間がもっと大勢いることは確率的に期待できるのではないか？　つまり世紀単位の科学の停滞に危機感を持つ人間の数が、ついに一線を超えたか、超えつつあるということだ。それもまたあり得ることだろう。

「もしもイビスと遭遇し、それから地球圏との交流が復活したら、歴史は大きく動くでしょうね」

とはいえ、イビスとの矢面に立つのは当面はセラエノ星系だけだ。それが人類にとってプラスかマイナスかはわからなかった。

AIのナビコがギラン・ビーの発進五分前を報告する。モニターには違う角度からのギラン・ビーの姿が見える。すでに「な組」の支援要員も艦内に退避していた。

「椎名さんって、パニックになるような人ですか？」

松下にしては妙な質問だと妖虎は思った。

「船外作業チームの組長だよ。そうそうパニックにはならないさ。EVAではパニックで人が死ぬことを彼女くらい知悉《ちしつ》している人間はいない。どうしてそんなことを？」

「考えたんです。イビスも我々と同じように母星との交通が途絶しているんじゃないかって。ボイドという特殊領域にはセラエノとアイレムしかないわけですから、ワープが宇宙の外的条件の変化で使用不能なら、彼らもまた孤立しているかもしれません。

我々がもしもイビスに対して敵対的に振る舞って、極端な話、相手を全滅させた時に、イビスの母星との交通が先に回復したら、報復で人類も全滅させられるかもしれません。

孤立した植民星系があって、それらがコンタクトをするとき、戦闘回避がもっともリスクの少ない選択肢となりますから」

そんな可能性は妖虎も考えなかった。ただ松下の仮説に、妖虎は別の解答もあることに気がついた。イビスの視点なら、セラエノ星系を全滅させた後に、自分たちはアイレム星系から完璧に撤収する。そうして二つの文明が接触した痕跡を消し去るという選択肢もまたあり得ることに。むろんそれは口にしなかった。


「明石より、ギラン・ビー発進しました。ワープを確認」

偵察戦艦青鳳のAIはそのままギラン・ビーのワープアウトを確認した。一瞬遅れて、惑星バスラの映像がブリッジのモニターに表示される。

むろん多くのセンサーがデータを送っているが、それらは大量であるためAIでなければ解析はできない。ただいまのところ明らかにおかしな点は見当たらないらしい。

「絵に描いたような地球型惑星だな」

夏艦長も遠距離でのバスラの姿は目にしていたが、地上高三〇〇〇キロあたりからの姿はまた違って見える。この高度では惑星の大きさは視界の半分ほどを占めている。

その姿は大陸の形状などは違っているものの、地球と酷似していた。もちろん地球であれば見えたであろう大都市や交通インフラは見当たらない。空を進む航空機の姿もない。海上都市も浮かんではいない。

つまり天体としてこそ地球に酷似していたが、生活空間としては、まるで違う。地球のような大規模な文明の痕跡だけは微塵もない。

そして、視界に占める惑星の景観は急激に変化する。ギラン・ビーが高度を下げたのだ。

「観測予定の幾何学模様エリアに向かう」

ギラン・ビーは、短時間での改造工事を施したとは思えない安定した航行を行なっている。それは工作艦明石の技術力の高さなのだろう。

夏艦長はセラエノ星系に来る前といまとでは、この社会に対する認識が一八〇度変わっていた。人口一五〇万人の小さな社会で、経済力も弱い。だが社会は民主的政体で、植民星系にありがちな権威主義的な文化は認められない。

さらに教育水準は高く、限られた分野ではあるが技術水準も地球圏に引けをとらない。当初抱いていた辺境社会という認識は改めねばならない。そのことを、椎名のギラン・ビーの映像を見ながら夏艦長は思った。

そうして映像は、問題の幾何学図形のある平野部に到達した。いままでの惑星表面の映像では、まだ分解能に制約があり、不明点はＡＩが補正している部分もあった。

しかし、ここまで接近すると解像度が違う。

「人工物を発見」

椎名が短く報告する。ギラン・ビーからの生の映像を青鳳のＡＩが再分析する。確かにそこにはタンクらしきものと、それらを結ぶパイプラインの姿があった。

肉眼ではわからないが、ＡＩが画像を補正してその姿が再現されたのだ。

「工場のプラント……なの？」

夏艦長にはそれが一番しっくりきた。人類が作り上げてきた構造物では、それが一番近いからだ。映像のスケールでもタンクが直径二〇メートルほどで、そこに直径五〇センチ前後のパイプがつながっている。

ただ、それらがプラントとして稼働しているようには見えなかった。赤外線は周辺の温度と同じであることを示していたし、ＡＩが形状を際立たせなければ、樹木に埋もれていたためだ。

ごく一部が露出しているタンク素材を赤外線分光にかけたデータでは、鉄が主体ながら複雑な組成の合金であり、人類の化学コンビナートでも類似の素材が使用されているらしい。

いま現在の惑星バスラにイビスがいるのかどうかはわからないが、かつて何らかの活動をしていたのは間違いないだろう。

問題はこのプラントが、最初の調査計画で考えられていた幾何学図形の平原からはかなり離れていることだった。

夏艦長の後ろの席にいるエレンブルグも納得していないようだった。

「なぜプラントだけなんだ？　イビスはどこに住んでいる？　プラントを支えるインフラや居住区の類はないのか？」

「プラントに見えるだけで、あれで都市なのかもしれない。まぁ、現時点で結論は出せないでしょう」

夏艦長は自分の状況が信じられなかった。原因がわからぬままワープ不能となる。そしてパラメーターがわからないままワープできなかった星系に到達した。そしてその星系には文明が存在した。

樹木に覆われたプラントらしき廃墟を見れば、ワープ不能となったのがイビス文明の仕業とは思えない。ただこれらはすべて偶然なのか？　夏艦長は宗教など信じてはいなかったが、それでも何かの意思が働いているような思いを払拭《ふっしょく》できなかった。

そしてギラン・ビーは、全長一メートルほどの三角形の物体を分離した。これは衛星とは別に、大気圏内に突入するプローブだ。成層圏上層で衝撃波に乗りながら飛距離を稼ぐという独特の装置だ。

惑星を一周はしないが、地上に激突するまでに一時間ほどは、大気中や地表のデータを高精度で収集できる。これは、惑星に文明が存在した場合に相手の反応を見るという意味もある。

プローブは音速の一〇倍以上の速度で飛行しながら、地上のデータを送ってくる。高度が下がるにつれて、画像の解像度は上がるが流れるように通過してしまい、肉眼ではよくわからない。この画像データは後で分析することになる。

「プローブが明らかに非自然由来の低周波を捕捉した。音源は狭い範囲であったが、現時点では特定できていない」

プローブは飛行の安定を図るために、レーザーレーダーで周辺の大気密度などを計測し、それに対して最適な姿勢制御を行う構造だった。そのレーザーレーダーが、大気中の低周波が作り出す密度変化を計測したのだ。

ただそれはＡＩが発見した現象ではあるが、本来の調査項目ではないため位置の特定には時間がかかった。それよりも、この低周波がプローブに対するものであることのほうが重要だ。

プローブのレーザーレーダー程度の装置で感知できるとなれば、エネルギーの規模はかなり大きいことになる。これが本当に人為的なものであるなら、イビス文明はいまも活動している。

「こちらのＡＩが割り出した。低周波は、ギラン・ビーが最優先で調査しようとしている幾何学平原から発している」

椎名からの通信とともに、データも表示された。青鳳ではなくギラン・ビーのＡＩが先に分析したとは意外だったが、プローブの姿勢制御データの解析ならば、戦艦のＡＩより現場で直接情報分析を行うギラン・ビーのほうが迅速なのだろう。

プローブは大気圏内に突入させたが、ギラン・ビーはまだ高度五〇〇キロあたりを維持していた。本来なら高度はもっと下げているはずだったが、この低周波の発生から現状のまま観察することを椎名は決めたのだ。夏艦長もそれは妥当な判断であると思った。未知の文明を調査するからには、慎重さこそ重要だ。

プローブは飛行経路を大幅に変更し、急激に高度を下げながら大きく旋回するようにして、問題の領域に戻った。速度も既に音速以下となっており、問題の低周波をよりはっきりと捕捉できた。

低周波が観測される平原には、依然として肉眼で観測する限りは、特に目立って人工的な構造物はなく、背の低い樹木が生えているだけだった。ただわずかであるが、問題の平原は赤外線の放射が増えているのは確認された。

そしてプローブは地面に衝突し、木っ端微塵となった。強引な旋回で、十分な減速を行うための燃料が尽きていた。

プローブからのデータはそこで途絶え、惑星の観測データはギラン・ビーのものだけになった。それを待っていたかのように、ギラン・ビーの真正面に突然、物体が現れた。

「宇宙船！」

夏艦長をはじめとして、青鳳や明石からその光景を目撃した乗員たちは、人類以外の宇宙船の姿に言葉も出なかった。

全長は五〇〇メートルほど、最大幅は一二〇メートルほどと思われた。

青鳳の望遠鏡でも、ギラン・ビーからの映像でも、素材のわからない凹凸のない表面が見えた。人類の宇宙船ならあるはずのレーダーアンテナや船外作業用のロボットアームの類もなく、辛うじて尾部に相当する場所に、四つの短い円筒形のものが並んでいるのが見えた。

自分たちの宇宙船であれば核融合推進機が収まる場所だが、円筒形からは噴射らしい光も見えず、赤外線カメラでも高温を発してはいない。そして何よりも印象的なのは、その船体が光を吸い込むかのように黒一色であることだった。

それはどこからかワープしてギラン・ビーの前方に現れた。高度は同じであり、表面に突起の類はなく、窓さえも見当たらない。かつて地球に存在した平面を基調とした楔《くさび》のようなステルス機を連想させた。それらの表面は漆黒の鏡面となっていた。ギラン・ビーと距離を保つのかと思われた。だがAIが警報を発した。

「未確認飛行物体は高度五〇〇キロで静止しています。ギラン・ビーとの接触は約二分後」

何かを噴射しているなら軌道上に静止することは可能だが、センサーにはそれらしい噴射は見られない。もっとも運動量だけを持ち、相互作用しない素粒子は理論上あり得るので、そうしたものを噴射しているなら感知するのは困難だろう。

物体の意図はわからない。ギラン・ビーとの接触が狙いなら、もっと穏やかに機動するだろう。現状では第一宇宙速度を持っているギラン・ビーの真正面に、宇宙船という壁を作るようなものだ。秒速七キロ以上の速度を持つギラン・ビーが衝突すれば、両者は破壊されてしまうだろう。

ただ、宇宙船はその場に止まっているだけで、積極的な攻撃を仕掛けようとはしていない。武装がないのかもしれないが、それでもギラン・ビーを破壊する方法は幾らでもある。だが、そうした動きは見られない。

「おそらく物体は、こちらの機動力を知りたいんだと思われる」

椎名が報告する。確かに彼女の分析が一番しっくりくる。そして椎名はギラン・ビーを急加速させた。速度が上昇すると、軌道力学により高度も急激に上昇する。

椎名はギラン・ビーの加速度を一Gよりも微妙に低い値に設定していた。ギラン・ビーの性能からすれば、二Gは出せるはずなので、夏艦長にはその中途半端な加速度の意図がすぐにはわからなかった。

しかし、これもまた椎名の宇宙船に対するメッセージと考えた時、その意味が氷解した。それは、セラエノ星系の惑星レアの赤道における重力加速度の値だ。宇宙船に然るべき宇宙観測能力があり、加速度と重力が等価であるという等価原理を理解しているならば、この宇宙機がセラエノ星系の惑星レアからやってきたことが伝わると期待できた。

だが、宇宙船は加速度の意味を別に解釈したらしい。前方で静止していたはずの宇宙船が消えると、前方上空の位置にワープアウトした。距離にすれば一〇〇キロも離れていない。こんな近距離のワープなど非常識だ。しかし、その宇宙船はやってのけた。その位置は、ギラン・ビーがいまの加速度を続けた場合の未来位置であった。

「どうしても衝突させたいのか、それとも生捕り？」

相変わらず宇宙船は壁のようにギラン・ビーに対して静止している。ギラン・ビーを捕獲するにしても、こんな危険な真似はしないはずだ。そして残された時間は短い。

椎名は最大加速で宇宙船をやり過ごそうとした。しかし、何が起きたのか、ギラン・ビーは進路を逸らせることができず、それどころか宇宙船に衝突する前に右側のキャビンが本体から千切れてしまった。

ギラン・ビーからの通信は途絶し、その残骸は、宇宙船の中に吸い込まれるように消えた。そして次の瞬間、全長五〇〇メートルの宇宙船そのものが惑星バスラの軌道上から消えた。すべては数秒の出来事だった。

「船務長、周囲に敵影は！」

夏艦長は無意識のうちに敵影という言葉を使っていた。しかし、あの宇宙船の行動は敵と呼ぶべきものではないのか？

「周辺領域には明石以外の宇宙船は観測できません」

熊谷船務長が報告する。

「明石に通信。ギラン・ビーが失われた状況に鑑み、小職の権限により工作艦明石は、偵察戦艦青鳳とともにセラエノ星系に帰還することを命じる」

あくまでも事務的な文面で済ませようとした夏艦長だったが、彼女はさらに一文を追加した。

「これ以上の犠牲はごめんだ」

あとがき

実を言えば本作の原型となる話は、まだ札幌に住んでいた、八〇年代の終わり頃から構想を持っていた。その時に考えていた話は、本書である『工作艦明石の孤独』と当然ながら幾つもの共通点があった。

その時の内容は、「辺境の植民星系の人類は、何かの理由（超新星爆発の影響だったと思う）で地球とのアクセスができなくなり、縮小再生産で文明を維持しなければならなくなる」というものだった。

その話にも事故を起こした有明と石狩を組み合わせて誕生した明石という工作艦が登場する。これは先に述べたように縮小再生産で文明を維持しなければならない状況を表現する意味があった。

しかしながら、アマチュア時代ということはあるにせよ、この話は完結させることができないで終わった。それから何度か思い出して見てきたが、書き上げることはなかった。

理由は色々あるのだが、いま改めて考えるなら、縮小再生産で文明を維持するという設定にそもそも無理があったのだと思う。どういうことかといえば、文明というのは縮小再生産で維持できるほど安易なものではなく、さらに縮小再生産を行うにも技術が必要ということだ。

一本のネジが存在するためには、鉱山から鉱石を採掘し、精錬するような工程から考えねばならない。さらにそれらを動かす電力や鉱石や金属部材を運ぶ輸送インフラが必要になる。そしてその工程のすべてに、作業に従事する専門知識を持った人間がいる。

だから辺境の植民星系が外部との交易が不可能になれば、普通に考えるなら文明は維持できない。薪を燃やして蒸気機関を動かすレベルまで後退することさえありえるだろう(それはそれで面白いが、まったく別の話になってしまう)。

どうすればこの問題を解決できるのだろうか？　あるいは解決できないとしても文明の後退をどこまで踏みとどまれるのか？　それに対する解答が本作になります。

本書は、書き下ろし作品です。

著者略歴　1962年生，作家　著書『ウロボロスの波動』『ストリンガーの沈黙』『ファントマは哭く』『記憶汚染』『進化の設計者』『星系出雲の兵站』『大日本帝国の銀河』（以上早川書房刊）他多数

HM=Hayakawa Mystery
SF=Science Fiction
JA=Japanese Author
NV=Novel
NF=Nonfiction
FT=Fantasy

工作艦《こうさくかん》明石《あかし》の孤独《こどく》 1

〈JA1528〉

二〇二二年七月二十日　印刷
二〇二二年七月二十五日　発行
（定価はカバーに表示してあります）

著者　林《はやし》　譲《じょう》　治《じ》
発行者　早川　浩
印刷者　西村文孝
発行所　株式会社　早川書房
郵便番号　一〇一 - 〇〇四六
東京都千代田区神田多町二ノ二
電話　〇三 - 三二五二 - 三一一一
振替　〇〇一六〇 - 三 - 四七七九九
https://www.hayakawa-online.co.jp

乱丁・落丁本は小社制作部宛お送り下さい。
送料小社負担にてお取りかえいたします。

印刷・精文堂印刷株式会社　製本・株式会社フォーネット社

ISBN978-4-15-031528-3 C0193

本書は活字が大きく読みやすい〈トールサイズ〉です。